II
柳野かなた【畫】輪くすさが
世界盡頭的
聖騎士
獸之森林的射手
An archer in the Beast's wood
U0028746

——若燈火置於陽光之下，則毫無用處。
——傳燈者呀，汝之燈火應當所在之處，位於何方？
『燈火之神葛雷斯菲爾的質問』

序章

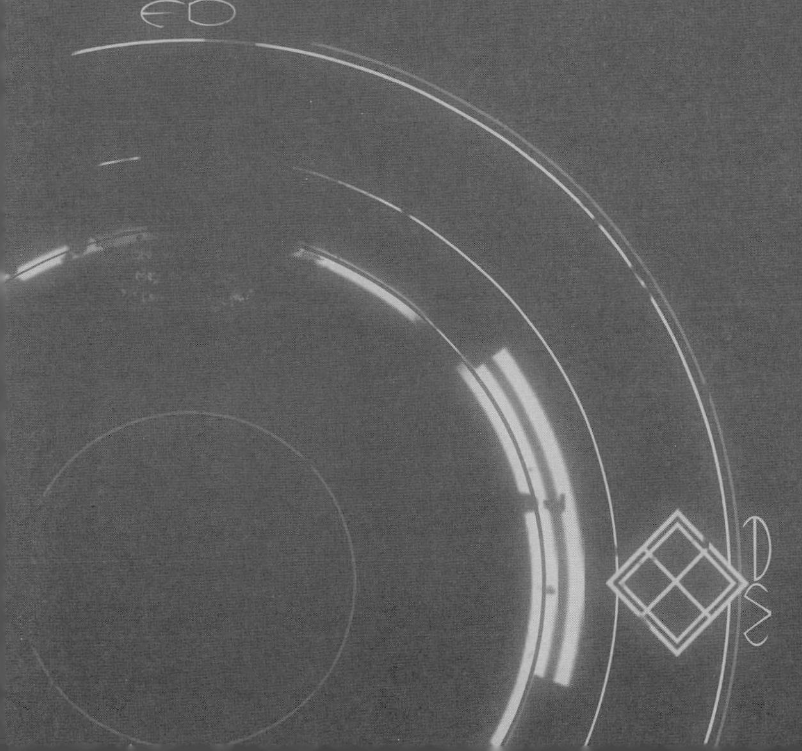

微微陰天裡的太陽雖然高掛在西方的天空，但我無論怎麼抬頭仰望也感受不到絲毫溫暖。

即便沒有到需要擔心凍傷的程度，緩緩滲入體內的寒意還是多少讓人覺得難受。之前居住在神殿的時候我就知道了，這一帶地區的氣候就算到了寒冷的時期也只會偶爾降些雪，稍微薄薄積個一層的程度。像現在也只是氣溫冷得要命，卻完全沒有要下雪的跡象。

我把斗篷拉緊，走在石板道路旁的泥土上。石板路歷經歲月摧殘已經變得凹凸不平，因此要是隨便走在道路上，反而會有被絆倒的危險性。

「嗚……好冷啊。」

——吐出的氣息頓時化為白霧。

以常識觀點來看，選擇冬天出發果然是錯誤的決定吧。我不禁如此想著。

……我——威廉．G．瑪利布拉德，在那場賭上雙親靈魂與不死神搏鬥的決戰之後，只過了短短幾天便離開了神殿。

決戰當天是冬至。換句話說，現在正是寒冬季節……老實講，連我自己都覺得這不是什麼明智的決定。

然而……為瑪利和布拉德造好墳墓、辦完葬禮之後，要是我繼續待在那舒適的神殿等到春天，我搞不好就會變得想一直留在那裡了吧。為了守護瑪利和布拉德的墓地，說服古斯，選擇成為封印在那座都市的惡魔之王《上王》的封印守護者，這輩子就這麼活下去。

那對我而言，是一種即使知道不應該也難以抗拒的誘人念頭。

然而，仗恃著家人的寬容心態而繭居不出的行為，就跟我上輩子一樣了……如果我什麼行動都不做，裹足不前，這樣的想法肯定會日漸膨大。

所以——我決定毫不猶豫地相信選擇，勇往直前。

「…………」

話雖如此，但我當然還是有充分注意，讓自己最起碼不要被氣候打敗、垂死荒野。最壞的狀況，我甚至也有考慮暫時回神殿一趟。

……雖然出發當時我裝得那麼瀟灑，要是就這樣回去應該會被古斯取笑，不過就算真的回去了我也不會感到沮喪。當作這次是預先探路就好了。事先確認好道路狀況或可以紮營過夜的場所等等，然後等到春天再重新出發。這總比打從一開始就關在神殿什麼都沒做來得有意義多了。

就這樣，我忍耐寒意背著行囊，時而行進，時而休息，到了晚上就紮營過夜，如此不斷前行。

——路上也遭遇過幾次與惡魔的戰鬥。

畢竟那座死者之城是《上王》的封印之地。惡魔陣營想必也會派人在周圍監視。

而今天從那座城中有人類走出來，他們當然會為了逼問出情報而攻擊我了。

然而對於受過那三人鍛鍊的我來說，這些不三不四的惡魔根本不足為敵。

外觀宛如把動物與人類混雜在一起、顯得奇妙而醜陋的惡魔們對我發動過好幾次奇襲——但我都能在事前察覺、先下手為強，靠短槍《朧月（Pale Moon）》把敵人一個不留地化為塵土。

雖然我是第一次和沒有化為不死族的惡魔交手，但也沒什麼大問題。按照布拉德與古斯教導過的內容，我能夠迅速且毫不鬆懈地擊敗對手。

畢竟我可是和不死之神交手過，總不可能如今還輸給這些普通的惡魔。

……至於死者之街那邊，古斯說過他會用大魔法《迷霧的話語（maze fog）》守護著，所以應該不用擔心才對。

我順著道路一直走，沿途可以看到大大小小各式各樣的遺跡。像是大道邊的旅館街，或休息處的廢墟等等。這些石造的建築多半都已經崩塌，也有不少在古代戰爭中被燒毀或破壞。然而有些地方還是可以找到外觀保留得相當好的房子，讓我省去紮營的麻煩。

從這類設施存在的狀況來判斷，瑪利、布拉德與古斯生前的社會果然文明水準相當高的樣子。

若拿前世的記憶來比喻，我會聯想到古代羅馬帝國之類的時代。

「也就是說，現在是相當於古羅馬帝國毀滅……之後的年代了。雖然入侵的敵人不是蠻族，而是惡魔啦……」

從我回想起前世的歷史知識來推測，現在的狀況似乎不太能讓人樂觀。

雖然我上輩子對歷史還算頗有興趣，不至於會把『羅馬時期就是高度文明，中古世紀就是黑暗時代』這種評論囫圇吞棗完全相信，但是……

「就算這樣，都已經過了兩百年左右，人類的生活圈卻依然沒有回到這一帶，應該還是很不妙的狀況吧。」

總覺得像這樣一個人旅行，自言自語的時間就變多了。真是糟糕。

我為了排解無聊，偶爾也會唱唱上輩子以及在這個世界學過的歌曲，然而也快要沒歌可以唱了。

風景也差不多已經看膩，但我還是重新環顧了一下四周。

右手邊可以看到與街道相隔一段距離、寬度約幾百公尺左右的一條壯闊河川。

河岸周圍是一片只有零星矮樹的草地。等氣候變暖時雜草也會長得比較高，視野應該會變得很差吧。

河岸邊之所以沒有較高的樹木，或許是因為河面高漲的時候會被沖走，導致樹木沒辦法持續生長的緣故。

再往更遠處看，可以看到一整片森林。

那一帶徹底被樹木遮蓋，和我左手邊一樣幾乎只看得到樹。

完全沒有被人類開發過的森林既昏暗又寂靜，不知該怎麼說，總覺得充滿某種威嚴感，教人不敢進入。畢竟貿然走進去也只會被樹根絆腳，拖慢速度，而且萬一在裡面迷路失去方向感，就無從回頭了。因此我目前頂多只有在紮營的時候會往稍微進去一點點的地方撿柴。

反正既然沿著水源邊就有道路可以走，我也沒必要故意去選難度那麼高的路徑，只要乖乖沿這條路走下去就好了。

走著走著，太陽也漸漸西沉。

道路前方通往一座山丘，讓我看不到另一側的狀況。

我只能沿著道路默默走上山丘。

……接著看到的風景讓我驚訝得抽了一口氣。

「嗚、哇——」

在夕陽照耀下，我眼前是一片廣大石造都市——的遺跡。

大河兩岸有沿著放射狀道路建造的大量房屋，另外也有類似橋墩的痕跡，可見過去曾經有連接兩岸的大橋。其他還可以看到河港和倉庫之類的設施，想必這地方從前是做為交易物資的集貨點，發展得相當繁榮吧。

——而這些建築如今全都慘遭破壞，化為廢墟。

圍繞在城市外圍的牆到處崩塌。從房子殘留的焦黑痕跡看起來，這地方大概遭受過火燒攻擊。

也許是使用過什麼大魔法的關係，城市各處也能看到盆狀的深坑。然後河川的水流入破壞遺跡中，讓城市有一半左右的土地都沉在水中。

繁榮與崩壞。

人類經濟發展的偉大與戰爭的無情。

歲月的流逝與萬物的無常。

眼前的光景讓人不禁會感受到這些東西。

我從山丘上凝望著這片風景過了好一段時間後——順著我準備要走的大道看過去，才發現了一件事。

「…………呃！」

或許是城市和河堤遭到破壞而造成河川改道的緣故，原本一條大河在這地方分成了好幾條支流。

……我準備要走的那條大道就被其中一條支流完全淹沒了。

我不禁按著額頭，深深嘆一口氣。

「地形變動……」

畢竟都歷經了兩百年的歲月，河川會改道也是正常的。

嗯。

這也是沒辦法的事情。

……………我該怎麼辦才好？

◆

當天晚上，我決定在都市廢墟紮營過夜。

……為了讓徘徊在這座廢墟的靈魂們可以安然離世，我也靜靜獻上了《神聖(divine)燈火引導(torch)》的禱告。

迷途的靈魂在燈火引導下，有如螢火蟲般歸返夜空。

配合營火照耀，荒廢城市的搖曳黑影，呈現出一片相當夢幻的景象。

……隔天清晨我早早醒來，向燈火之神獻上禱告。

接著將打來的水用《話語》清淨後喝下，並享用了靠祝禱術產生的聖餅與乾糧肉乾。

關於道路的問題我雖然煩惱了一下，但其實也沒什麼選項可選。畢竟手邊沒有渡河用的道具，因此我決定沿著河川最外側的支流往下游走。

或許是河川細分為許多支流所造成的影響，土地溼度增加，讓周圍森林給人的

壓迫感更強了。

這下我必須注意，不能太過遠離可以聽到河流聲音的範圍。

萬一我在森林中迷失了方向，就什麼也別多想，找到河流往上游方向走就對了。如此一來不管狀況再怎麼糟糕，我應該至少可以回到神殿才對。

「……」

離開神殿之後已經是第幾天了……好幾天沒有和人講話，讓我感到非常寂寞而空虛。

我一邊走，一邊禱告。

把這份寂寞與空虛也當成是獻給神明的供品，不斷禱告。

四周一帶寂靜得可以。

「……」

我帶來的肉乾等等乾糧很快就要見底了。雖然講起來是理所當然，不過一個人能夠背在身上攜帶的糧食分量總有個限度。通常旅行應該是適時向路上居民或店家購買食材，隨時補充才對。但我這趟旅行就是在尋找那些居民的途中，因此這樣的補充手段無法成立。

這下我深刻明白那些登山家挑戰無人登過的高山時，為什麼會堅持攜帶不占空間、易於保存又熱量高的食物了。

……今天也已經過了大半個白天，我卻依然沒發現有人類生活的痕跡。要是我沒有變得像瑪利那樣可以靠祝禱術產生聖餅，『離開神殿尋找村落』這項行為本身或許在可行動範圍的問題上，打從一開始就不可能實現了吧。

真的應該要再次感謝燈火之神才行——就在我如此想著，並稍微對神獻上禱告的時候……

我忽然聽到了聲音。

似乎是什麼東西以驚人的速度撥開草叢前進般「沙沙沙」的聲響。

「……！」

我立刻甩掉套在槍頭上的皮革套，架起短槍《朧月（Pale Moon）》。

正當我猜測又是惡魔襲擊的瞬間，從我眼前飛出來的竟是一頭大野豬。

體格比普通的野豬還要大上一圈，而且不知道為什麼相當激動，眼睛充滿血絲，嘴巴不斷冒泡。

帶有弧度的尖牙剛好就在我大腿左右的高度。萬一被牠刺到大腿動脈可不妙——就在什麼忙也幫不上的大腦思考到這邊的時候，我被布拉德鍛鍊出來的肌肉早已擅自做出行動。

靠側移腳步躲開大野豬的衝撞，同時把尖銳的短槍刺進牠致命部位所在的心肺，也就是前肢根部附近……從槍頭頓時傳來貫穿毛皮的手感。為了不要連人帶槍被拖走，在刺入充分的深度之後我就迅速把槍抽了回來。

大野豬順著衝刺的速度直直前進，用力撞上一棵樹木。接著搖晃一段時間後，吐出鮮血失去意識。看來我順利刺穿牠的重要臟器了。

然而野生動物的頑強性不可小看。

有時候以為已經喪命而靠近的瞬間，對方又會突然暴亂讓我方受到嚴重傷害。因此我在遠處稍微觀望了一下，正當思考著要不要用《朧月》(Pale Moon)確實給予致命一擊的時候，我忽然發現了一件事。

倒地的大野豬身上，在被我刺傷的另一側腹部，插有一支白色尾羽的箭矢。

「這是……」

在我思考到其中代表的意義之前……

從我背後又再度傳來草叢的聲響。

……我趕緊回頭一看，發現了一個人影。

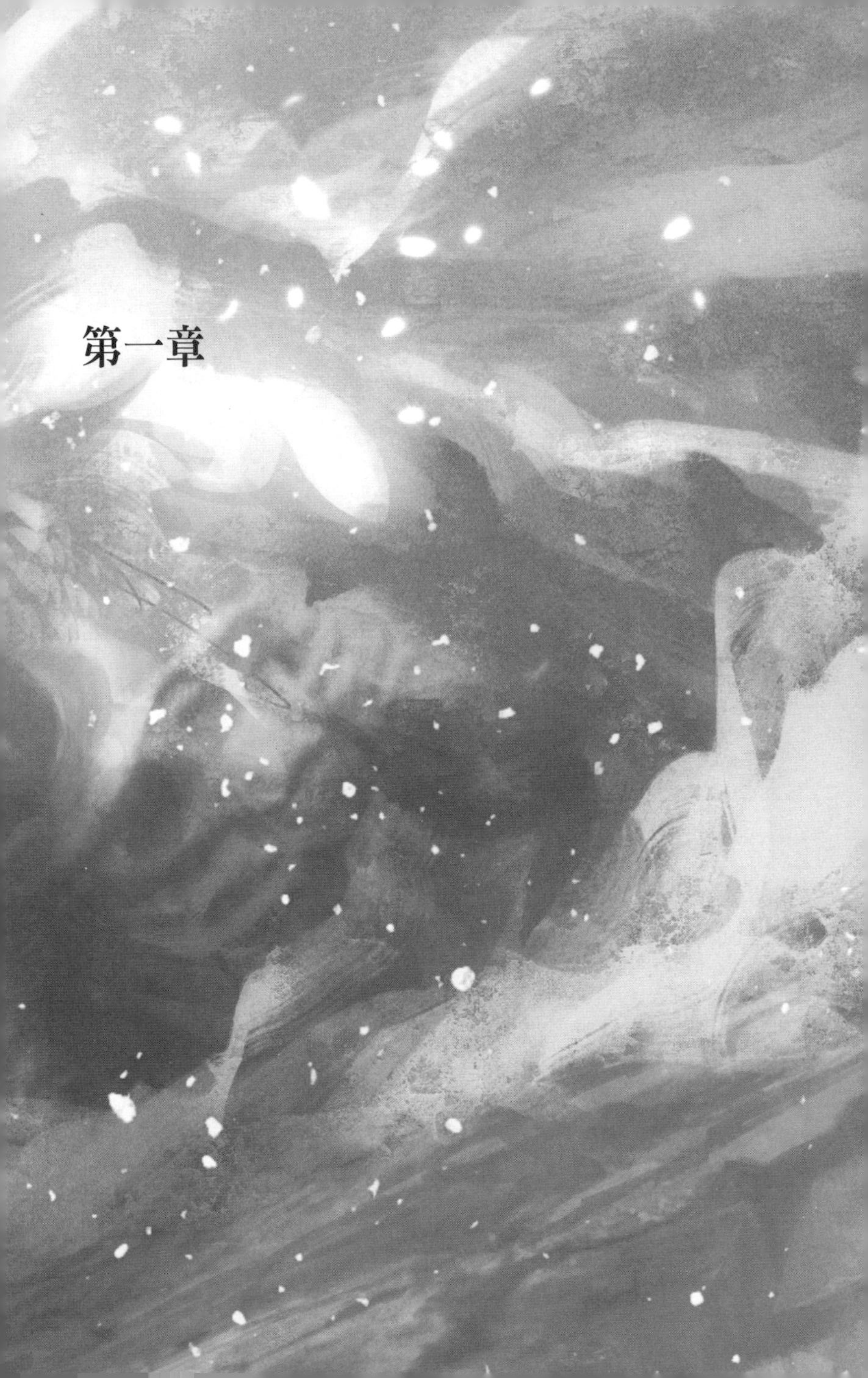

第一章

在樹林綠蔭下的那個人物身上穿著一件連帽外套，帽簷深蓋到眼睛。

手上握有一把裝飾獨特的弓，箭矢已經架在上面。是白色尾羽的箭。雖然對方還沒有把弓拉開，但瀰漫出的緊張氣息，感覺只要有那個意思就能立刻拉弓。

以土色與草色為主的外套和上衣，皮革製的長靴與護手，腰上掛有一把柴刀，另外還有幾把短刀——大概是一名獵人吧。

「………」

「………」

我與這位推測是獵人的人物雙方都不發一語，也不動作。

——現場的緊張感漸漸提高。

不妙啊。我根本沒餘力去感動自己總算第一次與人接觸什麼的。

這狀況相當不妙……在森林中，素未謀面的兩人偶然相遇。即便以我前世的知識來判斷，這也是極度危險的狀況。

畢竟這裡是遠離城鄉、沒有任何司法或治安機關的森林。換言之，就算遭遇到突發性的暴力行為，也幾乎無法期待會有人來搭救。

在那樣一個場所，遇到彼此不相識，而且身上有攜帶武器的對象。

好啦，這下該怎麼做？

用笑容尋求握手嗎？如果換作我是對方，突然遇到攜帶武器的男人咧嘴笑著對自己伸出手……我會握對方的手嗎？

還是說，要放下武器表示自己無意加害？萬一對方已經打算一戰了呢？會不會被對方以為是陷阱而提高戒心呢？

丟下武器的動作會不會被對方誤以為是攻擊行動的預兆？

使用祝禱術證明自己是虔誠的神明信徒怎麼樣？但是也有惡神的神官偽裝的可能性。再說，對方會默默等待我在面前施展術法嗎？

——對，我根本**沒有證明自己不是危險人物的手段**。

而且更糟糕的是，我沒有隸屬於任何組織，因此也沒辦法報上組織名稱為自己撐腰。換句話說，我無法證明自己的身分。

在前世的文化人類學等等學問中，之所以會把『與未知的對象偶然相遇』視為危險狀況，就是因為在這種情況下，緊張感與警戒心會不斷提高，有可能發展為互相廝殺的緣故。

我的心跳漸漸加速。

那位獵人看起來也在猶豫著該如何對應，同時在提高緊張感與戒心。兜帽底下的銳利視線一直在尋找我身上的武器就是最好的證據。

……『要戰鬥還是逃跑（Fight-or-flight）』的選擇迫近眉睫。

對方微微把身體重心放低，扎人的緊張感又更加提升。

不妙。總之很不妙。

再這樣下去就真的要開打了。

我拚命思考該說什麼，並觀察對方身上的東西——忽然注意到一件事。

這位獵人手上的弓，我在古斯的博物學課程中也看過類似樣式的東西。

印象中那應該是——既然這樣的話……

我在內心感到焦急的同時，為了不要誘使對方攻擊而緩緩地、緩緩地把右手心放到自己左胸上——

「——『吾等相遇之時，繁星閃耀。』」

一字一句，盡可能慎重地、標準地發音出來。

結果面前這位戴著兜帽的人物頓時睜大了眼睛。

「古精靈語……？」

對方驚訝的聲音微微顫抖。是彷彿鈴鐺般美麗的聲音。

「……你是精靈族的關係人嗎？」

「不。我只是認為你應該是精靈族的關係人……」

那把弓的樣式，我有印象。

根據古斯的博物學課程內容，那是以古老時代始祖神所創造的精靈為祖先，被掌管水與綠的奔放女神——蕾亞希爾維亞收為眷屬的美麗長壽種族——精靈族所使用的弓。

因此我試著用精靈族的方式打招呼，想說或許可以稍微緩和一下緊張的氣氛。

結果……

「咕！姑且算是啦。」

被我猜中了——獵人的聲音稍微變得柔和。

然而，這次換成我感到驚訝。對方的聲音明明就像音樂般悅耳，但語氣卻相當粗魯。我聽說精靈族因為長壽的關係非常有耐性，是很優雅的種族才對啊——

「算了，也罷。」

對方解除攻擊架式，掀開兜帽。

白銀色的頭髮首先映入我的眼簾。接著是皺起的眉毛、翡翠色的銳利眼眸、細長的鼻梁、優美的下顎線條與緊閉的嘴角。

從兜帽底下露出來的，是一張莫名像少女般美麗的少年臉龐。

還有那對耳朵。以竹葉來形容還嫌短了些，不過稍微比人類尖。我記得那特徵是精靈族與人類之間生下的混血兒，也就是半精靈的——

「話說回來。」

我想到一半的思緒，被對方的聲音打斷了。

「……那邊的傢伙，是你幹掉的嗎？」

他說著，伸手指向倒在地上的野豬，然後再指向我手中沾血的短槍槍頭。

「是的，就是我。」

聽到我這麼一說，他頓時微微皺起眉頭。

「真古老的講話方式啊。」

我不禁在內心「咦？」了一下，但仔細想想從布拉德與瑪利他們生前的時代到現在已經過了兩百年左右。就算這世界存在有像精靈族之類遠比人類長壽的種族，這樣漫長的歲月也足夠讓語言產生變化了。因此對方聽起來可能會覺得我講話方式很古老或者像古語吧。

以前世的英文來比喻，或許就像把YOU講成THOU的感覺。為了不要讓人起疑，我必須多聽聽現代人的發音，適時改正自己才行。

「抱歉，這是我的習慣。」

「……算了，是沒差啦。現在重要的是那傢伙。」

對方重新把話題帶回野豬。

「那原本是我的獵物。」

銀髮的半精靈指著刺在野豬身上的箭矢如此說道。那根箭就跟他箭筒中的其他

箭一樣是白色的。

從野豬出現沒多久他就跟著現身的狀況來判斷，也應該是這樣沒錯。

「而你從一旁把牠殺了。」

對方之所以在這時候使用一副主張「你搶了我獵物」的表現方式，恐怕就是在提防事情真的變成那樣，所以先行對我牽制吧。

我因為前世的習慣，差點脫口說出「抱歉」之類的話，但我還是姑且避免了。

「說得也是。牠剛才忽然朝我衝過來，因此我為了保護自己才被迫出手。不過——」

這狀況簡單講就是一場交涉。

對人交涉。

「畢竟致命一擊是我刺的，我應該可以主張相對應的權利吧？」

雖然不知道是精靈聚落還是人類聚落，但這或許可以成為讓我抵達村落的契機。

◆

後來我們互相交涉了一段時間。

這位銀髮半精靈的談判技巧相當好，讓實際上沒什麼談判經驗的我感覺總是被他牽著鼻子走。對方雖然外觀看起來跟我差不多年紀，但畢竟精靈族以及繼承血脈的半精靈都很長壽，所以他或許其實比我年長很多也說不定。

即便如此，我還是努力跟對方談條件，最後總算得到共識。只要我幫忙他解體野豬，就能分得我刺到的那一側前腳以及與身體相連部分的肉。

……要解體一頭野豬，其實是非常費工夫的一件事。

首先要把野豬抬到河邊浸水，放完血後兩人合力清洗。這頭大野豬不知是在哪裡泡過泥浴，全身毛皮都沾滿泥巴。

「啊，可惡。竟然缺掉了。」

大概是刺到骨頭的關係，銀髮半精靈從大野豬身上拔出來的箭矢前端箭頭缺了一個角。

從他一副捨不得丟掉似地把箭頭收進自己口袋的行為看起來，金屬製品目前在這個地區應該是很貴重的東西。

「先把碎片挖出來吧。要是切成肉之後被誰咬到可一點都不好玩。」

於是我們利用河邊較平坦的岩石，小心翼翼地把箭頭碎片挖出來後，才開始解體大野豬。我雖然多多少少有向布拉德學過解體技巧，不過這位銀髮半精靈的動作比我還要熟練。

野豬的皮下脂肪是很美味的部分，因此在切皮時如何盡可能留下脂肪部位就很考驗一個人的用刀能力。而他在這方面是精準迅速到教人吃驚的程度。

「好啦，接下來是……」

他接著把刀刺進大野豬的顎骨下方，沿頸部切開一圈。

因為看起來應該有切到脊椎的深度，所以我抓住野豬頭部一扭，扯斷關節。

「哦，你很懂嘛。」

對方咧嘴對我笑了一下，於是我也輕笑回應。

他接著用短刀輕輕切開肉與筋，把頭部切離。

我把大野豬的屍體仰天固定後，他便開始切除從喉嚨到尾部的側腹外皮。這時候要是切得太深就會傷到內臟……呃，該怎麼說？總之就是會讓裝在腸胃、膀胱或是生殖器裡面的東西流出來，釀成大悲劇。然而以這位半精靈的功夫來講，應該不需要擔心那種事。

把皮切完後，接著用短斧在各部位切出開口，然後我們兩人從左右扳開肋骨。將肛門周圍、胸部與橫膈膜切開，把腹膜剝開到脊椎那一側之後……

「嘿咿、咻……！」

他抓住野豬的氣管與食道，一口氣扯向肛門，結果所有內臟就一整塊被取下來了。技術真好。

就這樣，大野豬最後變得很近似我上輩子在電影或電視上看到那種冷凍垂吊的

「豬肉」狀態。

我交握雙手，對切割下來的大野豬頭部禱告。

……對不起，謝謝。我會珍惜食用的。

「你還真虔誠……那就按照約定，分一隻前腳給你吧。」

半精靈輕輕聳肩，對我開玩笑似地如此說道。

接著用柴刀精準砍向大野豬的肩膀骨頭接合處，輕易就把前肢切開。

「這樣就分配完畢啦。」

「是啊。」

我們各自手握沾滿鮮血的短斧與柴刀，帶著慰勞之意互相笑了一下。

「……來把肝臟先吃掉吧，畢竟那個很快就會壞掉。」

「啊，我有手提鍋可以用喔。」

新鮮的肝臟是很美味的。

因為是在冬季冰冷的河川進行作業，我的手早就已經凍僵了。

趁著對方在河邊收集漂流木的時候……

「……《燃燒(flammo)》《火焰(ignis)》。」

我小聲用《話語》快速點燃少許的枯枝。

對方並不是無法信任的人物……雖然我這麼認為，但姑且不論古斯生前的時代，畢竟我還不清楚現在社會對魔法的觀感，因此我還是暫時先隱瞞自己會用魔法的事情比較好。

「嗚……好冷啊。」

就在我脫掉靴子，把手腳都放到火前取暖的時候，對方也回來了。

「哦哦，冷死了。」

他把漂流木丟進火堆後，也跟著取暖起來。

我們不禁相視而笑。

「好啦，真是期待。」

「是啊。」

我開開心心地把手提鍋架到火上，首先丟入野豬的脂肪。

等油脂在鍋底充分散開之後，接著把切好的肝臟放進去，並削下一點岩鹽撒在上面。

滋～

肉烤熟的香氣飄散出來。

「地母神瑪蒂爾以及善良的神明們，在祢們的慈愛之下，我們將享用這頓餐食。願眼前的食物能獲得祝福，化為我們身心的食糧。」

我沉下眼皮，交握雙手。

「……你還真有夠虔誠的。」

銀髮半精靈傻眼地看著我。他似乎不是什麼有信仰的類型。

不過正常來想，應該是保有前世記憶的我對神感到懷疑，而他對信仰虔誠才是比較自然的吧？雖然還在禱告途中，但這樣奇怪的顛倒狀況讓我不禁感到有點好笑。

「感謝眾神的聖寵……我要開動了。」

「好，開動吧。」

他雖然似乎不信神，但也沒誇張到不理會我的禱告自己先吃起來。

禱告完後，我們兩人各自把洗好擦乾的短刀伸進鍋中，刺起烤好的肝臟。

然後將冒著熱氣的肝臟大口咬下。

……熱呼呼的，好美味啊。

只有撒上一點鹽的肝臟，濃厚的味道頓時在口中散開。

真是好吃到受不了。

如果有冰啤酒可以配該有多好。我甚至不禁有這樣的念頭。

而對方原本一直嚴肅深鎖的眉頭，如今也鬆了開來。

勞動之後享用的餐食，實在無比美味。

——不知不覺間，太陽已經快下山了。

◆

「啥？你要問路？」

用完餐後我開口問路，結果對方一如我的預想露出狐疑的表情。

我放到最後才問果然是正確的選擇。

畢竟這問題相當危險。很容易誘使對方反問我難以回答的事情，例如說──

「你這張臉我也從來沒見過。說真的，你到底是什麼人啊？」

「呃，那個……這有點難說明，該怎麼講才好……」

就算我老老實實跟他講「我是在廢墟被不死族撫養長大，和不死神交戰後踏上旅途」這種話，內容也實在奇異到我沒自信可以讓對方相信。

然而不論在哪個世界，沒辦法證實自己身分就很難做事。

畢竟一個人無法證明自己無害，所以只能透過別人幫忙保證。以前世來講就是像戶籍或身分證之類的社會制度，在這個世界來說便是像地緣或血緣之類的關係……而如果沒有這些證明，就等同於在向對方宣告「我有可能是個危險人物」了。

但是身為一個使用《話語》的魔法師，我也不能說謊……就在不算說謊的程度下，稍微先含糊帶過吧。

「我是從南方來的……」

「南方？拜託，這裡已經是最南端啦。」

「最南端？」

「就是人類擴展領域的最南端，《南邊境大陸（South mark）》的《獸之森林（Beast Woods）》啊。」

《獸之森林（Beast Woods）》，聽起來還真是恐怖的名稱。

包含剛才那頭大野豬，或許這裡有很多凶暴的野獸吧。我要小心才行。

……然後，我真的到底該怎麼說明才好啊？傷腦筋。

「雖然是那樣，但我還是從南邊來的。基於一些因素……」

「……啊～你該不會是挖掘遺跡的冒險者之類的吧？」

挖掘遺跡。這麼說來，我在路途中的確有看到很多瑪利和布拉德時代的遺跡。

難道也有專門挖掘那種地方的職業嗎？

若是如此，今後準備用獲自那些遺跡的東西維生的我，或許也可以說是那樣的存在吧。

「嗯，大概就是像那樣……」

「然後你迷路了。」

「呃，該怎麼說，大概就是那樣……」

聽到我沮喪地如此回答，銀髮半精靈便一副「真是教人傻眼的傢伙啊」地嘆了一口氣後，再度看向我。

「這麼呆的冒險者，我還是第一次看到……算了，沒差。沿著這條河走下去，兩天就能到達一座還算有規模的城鎮。只要到了那邊，總會有辦法吧。」

你就加油吧。他的語氣講得很事不關己似的。

看來透過合作宰豬獲得的好感，已經在剛才這段可疑的對話中完全喪失了。

「呃，那個……我知道這樣講很冒昧，不過能否讓我稍微到你所屬的聚落歇一下……」

我畏畏縮縮地如此詢問後，對方頓時露出非常嚴肅的表情。

接著深深嘆一口氣，並朝我瞪過來。

「就算只是暫時，我也不想讓你過來。明白吧？」

「對不起……」

他的主張實在合理到我無從反駁。

換作是我站在對方的立場，我也不想把像是現在的我這樣身分不明、來歷不明又攜帶武器的戰士帶到自己的聚落。

「所以你可別跟在我後面。」

不知不覺間太陽已經低沉，四周變得相當昏暗。

半精靈站起身子後，把大野豬扛到身上……他雖然身材纖細，但似乎比外觀看起來的還要有力氣。應該平時都有在鍛鍊吧。

在這個世界透過鍛鍊對體能的增強幅度遠超過我上輩子的世界。

「啊，你沒有照明沒關係嗎？」

「用不著你來擔心啦。」

他不知道小聲呢喃了什麼之後，從森林深處忽然有個像光球一樣的存在，輕飄飄地飛過來。

「那是……」

「妖精啊。」

「……我第一次見到。」

妖精。能夠介入自然現象之中並且輔助其現象，比精靈下等，虛幻縹緲的存在。能夠與其對話，有時也能指使他們發揮神祕術法的人，稱為「妖精師」——身為精靈神眷屬的精靈族與同樣是精靈眷屬的存在親和性很高，看來繼承精靈族血脈的他也是一樣。

我以前在古斯的書上讀過，成為妖精師的重點，就在於對曖昧不明且性情多變的存在，能夠在感性上產生共鳴並接納。

這和理論、知識、記憶與反覆實踐為主的魔法——也就是《話語》的力量，以及透過信仰與戒律等行動獲得庇祐、恩寵的祝禱術相比，又是完全不同系統的一種神祕領域。

「掰啦。」

半精靈很乾脆地向我道別後，便扛著大野豬一步一步往前走去。

這是我將近十天來第一次和人對話。

或許是因為如此，讓我莫名感到不捨，而忍不住又對他的背影呼喚。

「我叫威爾！威廉‧G‧瑪利布拉德！你呢？」

「……梅尼爾。梅尼爾多。雖然我想我們不會再見到面了啦。」

銀髮半精靈梅尼爾說著，繼續往前走去。

「你就小心點，別曝屍荒野啦。」

讓光的妖精照亮自己腳邊，扛著處理完畢的大野豬，一步一步往前走。

我也沒有跟在後面，而是目送他離開了。

……然後為了避開被血味引來的野獸，我移動到距離解體現場稍遠的場所。

重新燃起營火，把帆布和繩索掛到樹上架起臨時帳篷。

在各處刻下《記號》當成警報裝置，詠唱除魔與驅蟲的《話語》確保安全後，便鋪好毛毯就寢了。至於分到的野豬前腳，就當是明天的早餐。

……其實我本來有點擔心的，不過和活人的對話出乎我預料地順利嘛。

梅尼爾。梅尼爾多。

我記得那在精靈語中好像是「快速飛翔之雕」的意思。

雖然口氣有點粗魯，不過講起話來很愉快。

即便他說以後不會再見到面，我還是不禁期待能再相遇。想著這些事情，我漸漸進入了夢鄉。

到半夜，我忽然聽到聲音。

介於沉睡與清醒之間的模糊濃霧中。

【燈火呀。】

【吾之燈火呀。】

兜帽陰影深蓋到眼睛的黑髮少女站在我眼前。

【但願在汝之旅途上——】

寡言而面無表情的態度依舊。

【……給予邊境之地的黑暗一盞光明。】

她將願望說出了口。

緊接著，許多畫面化為啟示，如閃光般烙印到我眼中。

武器。

叫喊。

混亂。

鮮血。

鮮血。

屍體。

屍體。

屍體。

——以及銀色的頭髮。

「……《光（lumen）》！」

我將《朧月（Pale Moon）》的槍頭點亮，慌慌張張配戴裝備後，便衝向深夜的森林中。

◆

在魔法之光的照明下，我抱著焦急的心情不斷奔跑。

那啟示很明顯是在預告即將發生的慘劇。而且梅尼爾也被捲入其中。

「……！」

雖然我原本就有想過可能會是這樣，但看來現在這個時代真的非常危險。

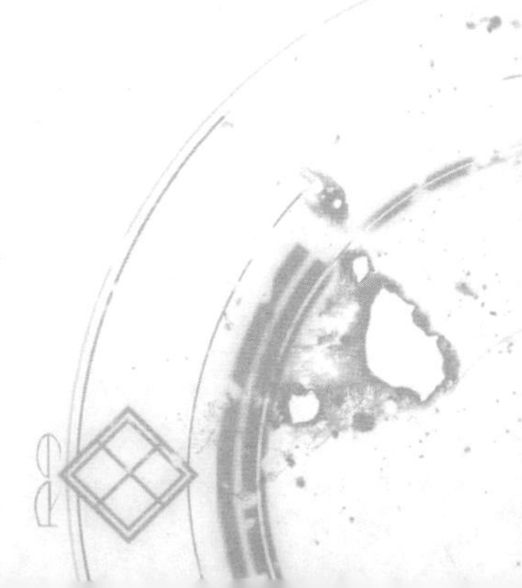

今天見面的人，搞不好隔天就會化為屍體。

我轉頭環顧四周。

森林一片黑暗。值得慶幸的是因為現在是冬天，草叢並不茂盛。

然而在這樣的黑暗之中亂跑，想必也無法抵達梅尼爾的聚落。雖然我也可以追尋梅尼爾的足跡，但是那麼細微的東西要找起來太花時間，不知道能否趕上。

而且梅尼爾對我抱有警戒心，或許會掩飾他真正前往的方向。職業獵人一旦拿出真本事，靠我的追蹤術根本難以對應。

我如此想著，便快速詠唱出幾段《話語》。

是在探查之類的行動中使用的《尋物的話語》。

「……那邊！」

我找出了一個大致的方向。雖然只是簡單的魔法，但總比沒有好。

——我做好覺悟，接下來要做的事情相當亂來。

架起盾牌靠蠻力突破草叢，從陡峭的斜坡上一躍而下，再靠《羽翅的話語》(feather fall)輕著地。使用許多正常的森林旅行者看到肯定會皺起眉頭的方法，不顧一切地往前衝。

既然有聚落，就代表應該會在相當寬敞的土地。

我偶爾停下腳步，靠《尋物的話語》重新定出大致的方向後，再繼續衝刺。

「……！」

找到了。

我看到森林的另一頭有一片開闊的土地。

在夜晚的黑暗中，隱約可以看見幾塊相連的田地，以及遠處被木製柵欄圍繞的十幾間房屋。

樣子看起來什麼事都沒發生。

「我、趕上了……？」

不。雖然只是我的猜測，但也非常有可能是慘劇已經發生之後了。

我不清楚那段啟示中的慘劇究竟是什麼原因引起。

是惡魔嗎？妖鬼嗎？不死族嗎？還是魔獸……要是我貿然接近，很可能冷不防遭到攻擊。於是我詠唱幾句《話語》，熄滅《朧月（Pale Moon）》槍頭的光。

首先要偵查狀況。豎耳傾聽，謹慎靠近。

我穿出森林，壓低身子靠近田邊。結果……

「我看到森林那邊剛才好像有什麼東西在發亮啊……」

「是你眼花了吧？」

有兩支火把，伴隨這樣的對話聲，接近過來。

拿著火把的分別是一名中年人與一名年輕人，身上穿著褪色的束腰衣，外面披上毛皮外套，手中握著棍棒。大概是在村內夜間巡邏吧……至少感覺不到慘劇後的緊張感。

看來現在果然還是那段啟示中的事件發生之前。太好了。

「嗯……？」

正當我鬆了一口氣的時候，那兩個男人之中的中年人注意到我被火把照出來的影子。

於是我露出尷尬的笑容，走向他們。我想只要告訴他們我和梅尼爾認識，他們應該就不會忽然攻擊我吧。

就這樣，在那兩人看著我，準備開口的瞬間——我往前踏出一步，刺出短槍。

「什、啊！」

「咿！」

金屬聲響起。

我再踏出一步，接連不斷地揮舞短槍。金屬聲又再度響起。

「快退下！」

我挺身站到可以保護那兩人的位置，用圓盾擋下飛來的『某種東西』。

——是來襲者。

既然會使用投射武器，就代表對方不是魔獸。那麼是惡魔嗎？妖鬼嗎？還是不死族？

為了判斷對手的真面目，我稍微將視線瞄向掉落到地上的那東西。

——發現那是**白色尾羽**的箭矢。

我想到這背後代表的意義，腦袋當場僵住了。

就在那瞬間，傳來銳利的聲響。是弓弦的聲音。

「……！」

我趕緊架起圓盾，擋下飛來的箭矢。

從正面飛來的箭矢幾乎只有一個點，不可能每次都用槍擊落。因此我用盾牌保護身體的重要部位，同時擴大魔法燈光，看向對手。

在我視線前方——

「…………」

有一名皺著眉頭、表情嚴肅，手握弓箭的銀髮半精靈……以及在他背後十名左右打扮骯髒的男人，握著棍棒與直槍等武器。

這畫面讓我確信了。

「梅尼爾……」

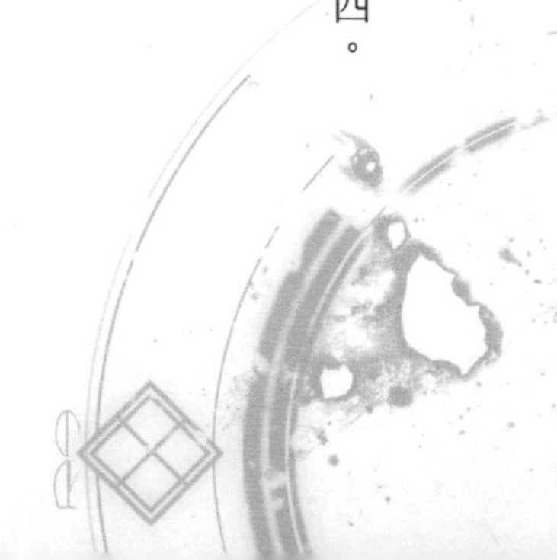

梅尼爾的聚落？梅尼爾被捲入慘劇？要趕快去救他？

我竟是如此愚蠢。

梅尼爾。

梅尼爾多根本不是啟示中那樁慘劇的被害人。

——他是**主犯**啊。

◆

我的腦袋一時無法思考。

為什麼梅尼爾他……

明明剛才我們還有說有笑的。

「你們去把村落攻下來。那傢伙交給我對付。」

梅尼爾一聲令下，他背後的男人們便展開行動。

「等……」

就在我想要上前制止的時候，箭矢再度飛來。

照這軌跡，要是我避開就會射中我背後那兩人。於是我趕緊用圓盾擋下。

「……我警告過你不要跟上來了。」

梅尼爾的眼中霎時閃過某種感情。

但那也只是一瞬間的事情。

「去死吧。」

緊接著，我看到對手放出驚人的絕招。

梅尼爾幾乎一口氣射出三支箭，分別瞄準我的臉部、手臂與腳。

我的腦袋依然混亂。

然而被布拉德鍛鍊過的身體依然精準應對了梅尼爾的絕招。

用圓盾彈開朝我臉部與手臂射來的箭，同時往後退下一步，側身避開射向腳部的那一箭。

「啊、啊……大家快起來！起來！」

「敵人來襲啊！快拿武器，女人小孩退到後面！」

我背後那兩人如今才總算理解狀況，開始大叫。

「呿！」

聽到那兩人的叫聲，梅尼爾似乎感到焦急地再度朝我射出箭矢。每一箭都精準又刁鑽，要是我沒有圓盾，現在應該早已被好幾支箭刺中了——當初還猶豫要不要帶來的盾牌，就結果來說是拯救了我的性命。

我在防守的同時試著縮短雙方距離，但梅尼爾也不斷往後退下。

看來這就是他拿手的攻擊距離——

「《加速(acceleratio)》！」

既然這樣，我就逼近他！

正當我如此決定並詠唱《話語》，讓自己爆發性加速的瞬間……

「『諾姆啊諾姆，絆倒他的腳』！」

梅尼爾彷彿是要蓋過我聲音似地同時大叫。

結果地面忽然開始蠢動，想要絆住我的腳。

那恐怕是指使大地妖精諾姆發揮的《跌倒(slip)》咒語。

我正在加速中，萬一被絆倒，搞不好會順勢摔到骨折。

梅尼爾露出得意的表情。

這個妖精力量的使用時機可說是恰到好處。

情急之下，我也沒有對付的策略。

既然沒有策略……

「嘿、呀！」

我使勁一腳踏在地上。

巨大的聲音頓時響起。

強烈震動往四周擴散，讓諾姆受到驚嚇似地停止了動作。

「啥！」

梅尼爾瞪大眼睛。

準備攻擊村莊的男人們以及從村莊裡拿出武器準備迎戰的男人們，也都瞪大了眼睛。

看來他們並不知道。

經過徹底鍛鍊的肌肉所發揮的暴力，面對大部分的事情都能夠解決的！

「……可惡！」

梅尼爾臭罵一聲，並繼續後退。

緊接著射出箭矢後，又把弓掛在手臂上，朝我投擲短刀。不知道是他的投擲方式有什麼訣竅還是短刀本身有動過手腳，短刀從左右兩側劃出弧線飛來。

能夠躲的攻擊我就用躲的，不能躲的就用盾牌彈開，並繼續往前衝。盾牌真的有夠方便，還好我有帶來。

梅尼爾大概是終於做好覺悟，而架起柴刀——

「『沙羅曼達，燒死他』！」

從我背後那名中年男子手握的火把為起點，《火焰吐息(fire breath)》朝我射來。

但是我頭也沒回就刺出短槍，將火焰當場貫穿消散。

對手的攻擊我大致上都猜到了。

「………真的假的？」

比起布拉德和古斯認真起來時的騙術，或是不死神的惡毒手法，梅尼爾的假動作還算是很直接好懂的類型。

就在他不禁呆住的時候，我瞬間縮短雙方距離。

「你也強得太誇張了吧……」

最後，我朝面露苦笑的他揮出短槍，用槍柄重擊他的胸口劍突處。

肺部空氣被強制排出，讓梅尼爾「嗚！」一聲跪到地上。

他因為橫膈膜痙攣而難以順利呼吸，陷入暫時無法動彈的狀態。

趁這時候，我詠唱《話語》用蜘蛛絲將他綑綁起來。

回頭一看，村莊那邊根本連戰鬥都還沒開打。

因為大家都表情呆滯地看著我們交手。

……真是幸運。

我就趁著還沒有傳出傷亡之前，把敵人全部壓制下來吧。

◆

——就結果來說，沒有任何人喪命。

打敗梅尼爾之後，我靠《睡眠的話語》以及《麻痺的話語》，還算輕鬆就壓制了包含梅尼爾在內的十名來襲者。

如此這般，總算迴避了一場悽慘的襲擊行動。

雖然多少有傳出一些傷者，不過我也靠祝禱術治療了他們。

結果村人們就把我當成「恰巧路過的親切神官戰士」大大感謝了一番，但是——

「…………」

隔天太陽剛升起時，我在村外的廣場不禁皺起眉頭。

在廣場中央有一座用大小形狀不一的石頭堆砌而成的小廟。是祭祀善良神明的祠堂。

那看起來應該是把開墾田地時挖出來卻不知該如何處理的石頭堆起來建成的，因此想必也帶有「開拓紀念碑」之類的附加意義吧。

如果現在的習俗依然跟古斯教過我的時代一樣——在小聚落要進行重要談話時，通常會像這樣在神前進行，有時候甚至會向神明立誓。

雖然上輩子的世界也有不少地區的人民會在神前進行聚會或決議，不過在這個神明能夠對現實產生影響力的世界，這樣的習俗所帶有的意涵就更重了。

而現在在這塊小廟前的廣場上，村莊的男人們便是在議論著該如何處置那群被麻痺並捆綁起來的來襲者。

「我——就——說——！」

「總之應該把他們吊起來！」

「你們聽我說啊！」

「首先！喂，聽我講！首先！」

「他們可是忽然來襲的！」

「所以，說到底啊……！」

議論的場面極為混亂。

或者說，我有種他們單純是在互相大吼的感覺。

……這也太糟糕了。

就在我疑惑著究竟為何會如此的時候，仔細看看才注意到這些村人們的膚色各有不同。

講話的口音也各自不一樣，甚至有人激動到開始使用跟其他人相異的語言大聲怒吼了。

這該不會……

正當我這麼想的時候……

「神官大人，這場面真是讓你見笑了……請讓我再次感謝你剛才相救。」

有個人走來向我鞠躬。

就是一開始梅尼爾用弓箭攻擊的那兩人之中，年紀較大的男子——

「我名叫約翰，神官大人。」

「啊，請不用客氣。呃，我叫威廉。話說這是……」

我暫時把那群互相叫罵的村人們放到一邊，向這位約翰先生請教狀況。

正如昨天梅尼爾所說，這地方是《南邊境大陸(South mark)》中稱作《獸之森林(Beast Woods)》的場所。

這是一片有凶猛野獸甚至更危險的魔獸群四處橫行的廣大森林地帶——據說也正因為如此，支配這一帶的《法泰爾王國》無法把領主權力延伸到這地方。

「所以這裡自然有很多帶有隱情的居民——」

像是犯罪者、逃亡的農奴、亡國難民或是專挖遺跡的落魄冒險者——

基於各式各樣的理由難以在都市中生活的人們，聚集起來自然形成的村落，據說零零星星地存在於這片森林中。

想當然，村民們的來歷、規範與法律意識也都各自不同。

所以每次討論事情的時候就會變成現在這樣。

還真是辛苦啊。我不禁如此想的同時……

「……他們究竟會如何呢？」

我瞥眼瞄了一下梅尼爾。他被《蜘蛛絲的話語(web)》以及《麻痺的話語(paralyze)》拘束起來，倒在地上。從我的方向看不到他的表情。

在執法權力無法伸及的地區襲擊村落，卻失敗遭到逮捕的集團最後會有什麼下場……其實很容易可以預想得到。

恐怕就是被處以私刑，全部吊死吧。

……真不想看到那樣啊。

因為保有前世感覺的關係，我有自己的想法很天真的自覺，不過我還是有點難以接受這種事情。

雖然這樣講很任性，但我就是不想看到自己抓到的人死去，也就是讓自己成為別人喪命的原因。而且我也不想要自己才剛抵達人類的生活圈，就要目睹那樣殘忍的私刑場面。

更何況，即便對方是賊，不知緣由卻看到自己認識、交談過的人物在眼前喪命，還是會讓人心裡不太舒服。

……當然，離開神殿後最先會抵達的地方，不用想也知道會是治安較差的邊境地區，而且我也多少有做好目睹恐怖事件的覺悟，但也沒必要讓我一開始就遇上這麼糟糕的狀況吧。

雖然在冒險類型的故事中，討伐盜賊是很常見的劇情。然而我實際遭遇才知道，討伐行動的事後處理其實一點都不大快人心，反而是非常麻煩的。

難道就沒有什麼辦法嗎？正當我這麼想的時候——

「關於這點，我怎麼想也不透啊。」

「想不透？」

我疑惑地歪了一下頭。

本來我還以為在這種狀況下不管怎麼樣，應該都會往「殺死來襲者」的方向討論出共識的。可是……

「那群人看起來應該是鄰村的居民——雖然說是鄰村其實也不近，中間隔著森林和小河，路程大概要一天左右就是了。」

「欸？」

是鄰村的人來襲？在這種寒冬中？忽然？

「就算那群人並不富有，應該也不至於到儲糧不足的程度才對……以這片森林的居民來講算是好相處的一群人，至今也都來往融洽才對啊。」

「…………」

這樣聽起來的確教人不解。

「而且那個銀髮的精靈混血兒，在這一帶是出名的流浪獵人。他過去幫忙過很多次討伐害獸的行動，也有很多人被他救過性命……可是為什麼現在會這樣？」

聽到約翰先生的疑惑，我也點頭同意。

就在這時，爭執不休的村民會議起了變化。

「好啦好啦……大家應該講得也累了。來，先喝點水吧。」

一名年老的男性看準大家吼到疲憊的時機，「啪啪」地拍拍手並加入討論的圈子。

那人柱著拐杖，身材矮小，頭髮幾乎全白。雖然態度看起來親切，但眼神感覺不可大意。

左眉附近古老的小刀疤特別教人留下印象。

「那位是長老，湯姆老爺。」

約翰先生如此告訴我。

就在大家輪流傳遞著水瓶的時候——

「大家一邊喝水，一邊聽老夫說吧。」

湯姆長老開始說了起來。

「首先讓老夫確認一下，倒在那兒的這些人，是隔壁村的人吧。然後還有這個銀髮的獵人。」

長老講話流暢，有種讓人的注意力不知不覺間就被吸引過去的感覺。

一方面也是因為抓準了大家已經講累而喝水休息的時機，剛才明明還在大吼大叫的那群村莊男人們，現在都沒有人插嘴打斷長老。

真是巧妙的手法。

「約翰，你昨晚確實看到這些人手拿武器，成群湧入村莊是吧？」

「是，長老，我確實看到。」

大家紛紛把視線望向距離集會處稍遠的約翰先生，而約翰先生則是態度冷靜地點頭回應。

「然後，這位神官戰士挺身拯救了我們。」

「唔……且讓這老骨頭也向你致謝。」

「不，呃，一切都是燈火之神大人的引導。」

聽到我這麼回應，湯姆長老便說了一句「那麼，也要向那位神明致謝才行了。」並朝著小廟簡易禮拜後，笑了。

那笑法讓我不禁有點回想起古斯。

接著，他又若有深意地對我瞄了一眼。但我還來不及領會其中的意思，長老又繼續說道：

「唉呀，總之老夫可以想作只要有你在場，不管發生什麼事你都會保護咱們嗎？」

「啊……」

看來湯姆長老是希望能先向這些賊問話的樣子。

而現在既然有我在場，萬一那些人又想施暴也不用擔心，因此長老打算把現場氣氛引導往「解除那些人的麻痺也沒關係」的方向。

既然這樣……我稍微思考一下後，回答長老：

「向葛雷斯菲爾的燈火立誓，我會保護在場的所有人。」

我之所以把受詞部分講得較模糊，是考慮到萬一這村落其實有什麼理由足以讓外面的人來攻擊的狀況。

根據事態發展，我搞不好必須保護這些來襲者才行。

「那麼，就算這些人又暴亂起來也不用擔心啦。」

湯姆長老大概是察覺出我的意圖，輕輕笑了一下。

「……各位，老夫認為應該先把他們叫醒問話，怎麼樣？」

「可是長老，讓準備要吊死的傢伙講話可不是什麼好事啊。」

一名咕嚕咕嚕灌飲著水瓶的村民「噗哈」地吐了一口氣後，如此說道。

「要是產生同情，就不好辦事了。這檔事情就是應該直接了斷。」

其他有幾名村人也表示同意。

這或許一方面是他們在這個邊境地區已經多少習慣了粗魯事情的關係，一方面也是因為來襲的人物是大家認識的對象吧。

「但是什麼都沒搞清楚也很危險吧。而且這樣讓挺身拯救咱們的神官戰士大人對咱們抱有不信也不好。」

湯姆長老這麼說服著村民們，然後把視線望過來。

於是我對他點點頭回應。

……梅尼爾即使態度冷漠，看起來也不像是喜歡殺人奪財的人物。

我雖然剛才有考慮到萬一的可能性，但這些村民們似乎也搞不清楚他們為什麼會被襲擊的樣子。

究竟是發生了什麼事？這些人是基於什麼理由襲擊鄰村？

我在腦中思考著這些謎團，並解除了《話語》。

◆

就這樣解開束縛後，我們訊問了一下隔壁村的居民們——

「是惡魔。村子被惡魔毀掉了……」

「死了好多人。」

「對方還帶來我們從沒見過的魔獸……」

結果問出了比這次事件更加悽慘的內容。

從他們說的話歸納起來，距離這裡約一天路程的隔壁村子遭到一群帶著魔獸的惡魔們襲擊而毀滅了。

半數左右的村民被殺害，好幾棟屋子被燒毀，勉強逃出來的人也無處可以投靠。難民中包含女性、小孩子和傷者，在寒冬中沒有屋子遮蔽冷風，也沒有糧食果腹，只能默默等死——

就在那樣的狀況下……

「提議去搶劫的，是我。」

梅尼爾低著頭小聲如此說道。

「反正和那群帶著魔獸的惡魔們戰鬥也沒有勝算。所以我提議與其乖乖等死，不如到附近村莊搶劫糧食果腹，然後再逃到其他地方去。」

梅尼爾似乎是循著那隻大野豬的足跡剛好經過村莊附近，聽說了那群村民的狀況。

於是他為了讓村民們能稍微墊個肚子而追捕那隻大野豬，將肉帶回給在森林中受寒的村民們——接著提議搶劫，並率領男人們趁深夜來此襲擊。

畢竟這座村子想必沒有餘力收容那麼多難民，就算來尋求協助也肯定會被拒絕。

而且這座村子的人搞不好會因此擔心難民們變成盜賊，為了預防萬一而前來攻擊。既然這樣，不如乾脆趁這裡的村民們還不知情，自己先變成盜賊來襲擊，搶奪物資後遠離那群惡魔——

身陷絕境的狀況下，在不受統治權力管束的地方做出這樣的判斷確實很合理。

但是梅尼爾他——

「你應該不是那座村子的居民吧？」

為什麼要為了那些村民做到這種地步？感到疑惑的我如此提問後……

「……那村子的瑪普爾婆婆以前關照過我。」

梅尼爾簡潔地這麼回答。

「瑪普爾怎麼樣了？」

「聽說死了。」

「…………這樣啊。」

皺著眉頭詢問梅尼爾的湯姆長老聽到回答後，點點頭沒再多說什麼。

「事情是我提議的，要吊就吊死我——那些傢伙只是被我騙了，就放過他們吧。拜託。」

隨後，議論又再度激烈起來。

怎麼可能放過他們！應該全部吊死！

但也不是什麼不認識的人，就沒辦法收容他們嗎？

這村子哪來那種餘裕！把事情想清楚點！

村民們紛紛互相吼叫著。

「…………」

在那之中，約翰先生和湯姆長老都露出嚴肅的表情。

「長老……」

「嗯。」

附近有一群會毀滅村莊的惡魔，可是現在如果不先對這些本來是受害者而且是鄰人的難民們做出裁決，事情就討論不下去。

想必長老心中也很焦急吧。

「這獵人過去有恩於咱們，隔壁村的人們也的確教人同情……但這次還是必須把他們吊死才行啊。」

長老的聲音聽起來很難受。

畢竟就算把這群人放走，無處可去的他們終究只能再度搶劫。既然如此，這座村子為了自衛，也為了保住面子，必須把一度來襲過的這群人殺掉才行。

即便這些人有情非得已的理由，這村子也沒有餘力和方法拯救他們。因此為了自身的安全，不得不殺掉他們。

而且這些來襲的人也是知道就算來求救也得不到慈悲與寬容，才會從一開始就不得不選擇暴力的手段。

如果要合理思考，就不得不變得殘酷。

布拉德他們以前擔心過的事情果然沒錯。

現在外面的世界相當黑暗。

「…………」

想必會有人說這是「沒辦法的事情」吧。這種狀況是邊境地帶常見的黑暗部分，暴力與殘酷的一面，跟這種事扯上關係也只會吃虧而已。

再說，我根本沒有理由也沒有道理去插手這樣的事件。只要當作什麼都沒看到，自顧自地出發前往北方的城鎮就好了。只要到稍微再文明一點的都市地區，總會有讓我能混入其中的餘地，現在老是去管這種麻煩事也沒有好處——

我知道，這樣應該才是比較明智的判斷。

可是……

我的母親說過，要好好愛人，好好行善，別害怕吃虧。

我的父親說過，要相信結果，勇往直前，別因為想過頭而裹足不前。

他們說過的話依然留在我心中。

所以……

「那個！」

我捨棄了明智，決定稍微往前踏出一步。

為了父母贈送給我的話語。

為了實踐對神立下的誓言。

……我決定嘗試去推翻眼前這件「沒辦法的事情」。

◆

我盡可能大聲呼喊，而幸運的是大家都有把眼睛看過來。

如果想要正確使用《話語》魔法，發聲也是很重要的一環。

古斯對我的訓練派上用場了。

為了吸引眾人的目光，我刻意張開雙臂。

然後選擇第一句話是——

「請問可以用錢解決嗎！」

聽到我如此詢問，村民們紛紛瞪大眼睛。

趁大家還沒理解之前，我又緊接著說道：

「賠償，贖罪金。請問這地方沒有這樣的風俗嗎？」

當犯下什麼罪過時，靠金錢或家畜清算罪刑，取代相對應的流血報復行為。據古斯說，這是很多地區都有的風俗。

我前世的記憶也能佐證這樣的說法。

在日耳曼、凱爾特、俄羅斯或斯堪地那維亞等地方，都曾有過這樣的風俗習慣。

我在書上也讀過，伊斯蘭世界甚至到了現代都還有地區允許選擇要接受報復刑或賠償金。

照現況發展下去肯定會引起流血事件。

如果問題可以靠金錢解決，就這麼辦。

就連性命或報復都能買到，金錢真是太偉大啦！相信古斯應該會這麼說吧。

「等、等一下等一下！這裡確實是有那種習俗，但這錢誰來付！」

「沒錯，這些傢伙可是身無分文啊！」

村民們對我的話有反應了。

而且不是「怎麼可能用金錢贖罪！」而是「誰來付這個錢？」的方向。

畢竟要是對方正面拒絕就會變得很麻煩，因此我不禁感到慶幸並繼續講下去。

古斯薰陶出的思考迴路在我腦中開始運轉起來。

「錢就由我來付！」

我這句話頓時讓現場一片騷動。

「……大家安靜。」

湯姆長老讓眾人安靜下來後，對我問道：

「神官戰士大人，這是為何？」

「因為惡魔正是我的宿敵，是導致我雙親過世的存在。」

我為了提升說服力，稍微誇大地如此回答。不過我也沒說謊。

畢竟瑪利和布拉德的死的確就是起因於他們挑戰惡魔軍團啊。

「而且我是受神明庇祐的神官。我向燈火之神發誓過，要討伐邪惡，拯救不幸。現在有人受害於邪惡的惡魔，我自然要挺身援助。」

我伴隨誇大的動作，將自己的主張講得頭頭是道。

這些演說技巧也都是古斯傳授的。

「另外，既然有村莊被惡魔占領，我也不能放置不管，必將前往討伐。而他——」

我說著，伸手指向梅尼爾多。

他呆著表情看向我。

「他是熟知這片森林的優秀獵人對吧？那麼在討伐惡魔的行動中，我極力希望能僱用他，不會吝於費用。」

村民們再度騷動起來。

只要把遭到惡魔襲擊的村莊奪回，人類之間就沒有理由再互相爭鬥了。

至於這次偷襲村子的恩怨，就靠賠償金清算，一筆勾銷。

如此一來便能皆大歡喜——除了來路不明的神官戰士從頭到尾都吃虧之外。

村民們在議論紛紛之中，似乎也漸漸理解了這點。

為了推他們最後一把，我在大家面前掏出幾枚金幣銀幣，也發揮了很大的效果。

「……請問真的可以嗎？」

約翰先生如此向我詢問。

「這樣感覺只有我們得到好處而已——」

聽到他這麼說，我笑著回應：

「各位能夠盡享好處，肯定是因為大家平日行善的緣故吧。」

我說著，向神明祈求了一點小小的奇蹟。

「畢竟掌管靈魂與輪迴的燈火之神葛雷斯菲爾大人，總是會帶著慈悲觀望各位每一天的生活啊。」

說出這句話的同時，我祈求的奇蹟發生了。

廣場上祭祀善良神明的祠堂忽然點起一盞小小的燈火。

眾人看到這樣一幕，紛紛「哦哦」地發出感嘆，並唱頌起感謝神明的話語，獻上禱告。

盡可能不要製造傷害，並幫助遭遇困境的人民。

同時，或許有點過分作戲，不過也凸顯了神明的存在感。

雖然在金錢上造成了一些損失。

但我身為神的手、神的劍，總算是撐過了這道難關吧……應該。

我在心中如此呢喃之後……

總覺得神似乎在某處對我輕輕微笑了。

◆

村民們討論出結果後，為了清算恩怨，由雙方各自派出代表進行了一場立誓儀式。

……緊接著，我們便立刻出發進入森林，保護遭到惡魔攻擊的村莊難民之中，基於體力上的問題而沒有參加這次偷襲行動的女性、老人與小孩們。

那些逃亡時什麼也沒帶出來的村民們，在森林中的一處營火邊互相依靠，被寒風吹得不斷發抖。

他們雖然剛開始還表現得很畏怯，不過多虧梅尼爾幫忙說明狀況，讓大家很快便理解了。

因為其中受了傷或是快要感冒的村民很多，我靠《傷口癒合(close wounds)》與《疾病治療(cure illness)》

的祝禱術治療了他們。

然後以「將村莊奪回之前」為條件，請一開始的村子暫時收容那些人。

對方欣然接受了我的請求，但我想那恐怕並非完全出自善意吧。其中大概也包含了當成人質的意義，好管束那群同樣暫時留在村子裡的男人們。

然而不管怎麼說，收容就是收容，實在感激不盡。

……之後萬一前往奪回村莊的我不幸戰敗喪命，這村子很有可能會因為難以負荷而不得不把收留的難民們殺掉。

這下我說什麼都要戰勝才行了。

正當我在廣場的祠堂邊禱告並想著這些事情的時候……

「……我說，你到底有什麼目的？」

銀髮獵人——梅尼爾多忽然走來向我搭話。

「嗯？我沒什麼其他的意思啊。就是像我說過的那樣。」

畢竟我不能放任惡魔橫行霸道，同時也不希望人類之間彼此爭鬥傷害。

因此我只不過是想解決這個問題而已——

「啊，話說回來，我好像先斬後奏了。」

這可不行。

「為了奪回村莊，討伐惡魔，可以讓我僱用你嗎？」

徵求本人同意是很重要的一件事。於是我如此詢問後，梅尼爾卻皺起了眉頭。

「拜託，我可是個教唆殺人和搶劫的傢伙──你難道不用給我懲罰嗎，神官戰士大人？」

「關於那件事，已經透過賠償清算完畢啦。而且你是因為對恩人的村莊無法見死不救，迫不得已之下才那麼做的吧？」

犯罪就是犯罪，要這樣講也沒錯。

包含梅尼爾在內，那些難民其實可以選擇不要傷害別人，自己乖乖等死就好。如果能夠做出那樣的選擇，或許是很值得尊敬的行為。

然而因為不想坐以待斃而選擇向別人搶奪，也並非卑劣的決定，而是很正常的想法。

更何況他們之中還有像女性和小孩等等必須保護的存在。

「對於選擇了正常決定的普通人，我並不想積極懲罰啊……」

聽到我這麼說，梅尼爾咂了一下舌頭。

「要是我懷恨在心而偷襲你怎麼辦？」

「萬一我死了，會傷腦筋的是那些村民們吧？」

至少從惡魔手中奪回村莊之前是如此。

我不認為眼前這位銀髮獵人會笨到無法想清楚這方面的得失利弊。

被我這麼一說，梅尼爾終於忍不住把視線別開。

「……這個老好人。你遲早會被人搶光到連命都不保啦。」

「或許吧。」

聽到這樣很有可能性的預測，我不禁露出苦笑。

我總不能老是依靠古斯贈送給我的財寶，而且花出去的錢也必須想辦法賺回來才行。

「呿！也罷……總之我讓你僱用就是了。反正為了那些傢伙，我也需要賺點錢。」

「嗯，請多關照囉。」

梅尼爾接著面帶諷刺地揚起嘴角，瞇細翡翠色的雙眼對我點頭。

「那麼首先我們要怎麼做啊，僱主大人？」

「時間有限，就直接進攻敵陣吧。」

「…………」

梅尼爾頓時用一副「這傢伙腦袋沒問題吧？」的視線看向我了。

呃、那個，我並不是什麼都沒考慮喔？

但是我這樣講果然聽起來很沒常識，果然會遭到反對吧？正當我這麼擔心的時候……

「……唉呀，說得也對。的確是要快一點比較好。」

教人意外地，梅尼爾竟然點頭同意。

「畢竟**那些村民們化為不死族的可能性很高**啊。」

我不禁沉默了。

沒錯。就如同善良神明的保佑無所不在，那個不死神斯塔古內特的**善意**保佑同樣遍布這個世界。

雖然像瑪利和布拉德那樣由不死神親自找優秀的英傑訂下契約而誕生的最高等不死族，是極為少見的例外……不過帶著遺憾而死的人化為不死族的案例，在這個神明的保佑確實存在的世界中並不是什麼特別的事情。

因為憎恨、混亂或者太過突然而沒能察覺、無法接受自身的死亡……有時候就很容易會化為不死族。

「沒必要讓村子那些人目睹自己親人、小孩變成不死族的模樣。如果可以早點收拾掉，就應該早點行動。」

對梅尼爾這句話，我也點頭同意。

「必須趁他們開始到處徘徊、下落不明之前，趕快讓他們歸返輪迴才行。」

只要能知道所在之處，我便能透過燈火之神的祝禱術讓死者歸返輪迴。

但如果是下落不明的亡靈，我就束手無策了。

因此要在那之前盡快行動。

「可是要對付那群占領村莊的惡魔，你有什麼勝算嗎？他們很多都是強悍的戰士，等級較高的甚至會使用術法。而且現在成群結隊還帶了魔獸——」

「嗯。」

關於那方面嘛，嗯。

我想應該是沒有問題的。

畢竟我以前每天都在那座死者之街的地下城掃蕩化為不死族的惡魔，所以……

「我習慣了。」

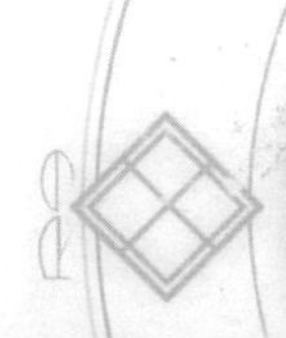

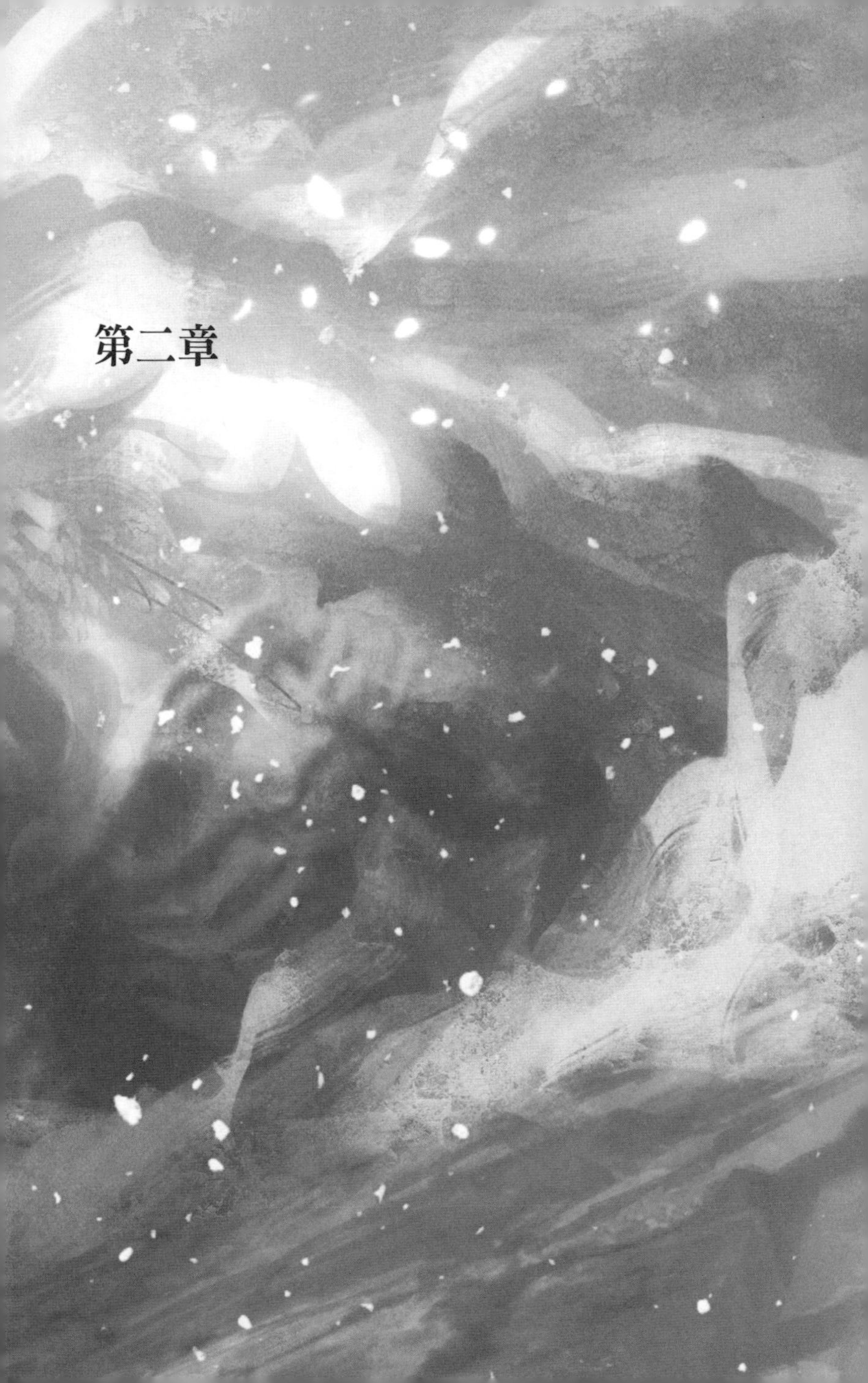

第二章

在村子借宿一晚到隔天早上，我在湯姆長老與約翰先生等村民的送行中出發，前往奪回被惡魔襲擊的村莊。

請梅尼爾幫忙帶路的我，踏著河面裸露的岩石渡過大河的小支流，在森林中一路往東北行進。

跨越長有青苔的巨木樹根，踩踏地上的枯葉，我保持著適度的緊張感跟在梅尼爾後面。

梅尼爾的步伐看起來相當熟悉這片森林。

即使在視線不良、感覺會迷失方向的昏暗樹林中，他也能毫不猶豫地行進。有時候還會呼喚妖精，讓草叢自己為我們開路。

以前布拉德曾經告訴過我，在森林中絕對不要和精靈族起衝突。如今我總算明白那個理由了……要是和擁有這種能力的對手在森林中交手，搞不好連戰鬥都還沒開始就會被耍得暈頭轉向，只有被殺的份。

我們適時休息，但仍以相當快的步調在森林中行進……

「今天在這邊紮營。」

就在太陽快要下山的時候，銀髮獵人對我如此說道。

既然隔壁村的距離約一天的路程，那麼我們的目的地應該就在前方不遠處了。

「『綠林之民啊，請容許急來之客借宿一晚，並提供綠草之床與樹木屋頂。』」

梅尼爾詠唱呼喚妖精的咒語後，我們周圍的樹木便立刻彎曲成拱門狀。

腳下的地面長出柔軟的嫩草，外圍則彷彿要保護我們似地長出較高而密集的草叢。

「咦……哇，好厲害！」

簡直可以說是由草木構成的帳篷了。

我想這在妖精師的術法中應該是相當有難度的吧。

「沒什麼大不了的，快點睡啦。」

「那誰來守夜？」

「我會拜託寄宿在樹木的妖精們，要是發生什麼事就會把我們吵醒。」

我至今每天為了紮營過夜那麼辛苦，都像騙人的一樣。

……梅尼爾既是本領高超的獵人，又是優秀的妖精師。

要是站在敵對立場會很可怕，不過身為夥伴就非常可靠。

我如果能夠和他再稍微親近一點就好了，可是——

「……哼。」

他始終都是這個態度。

「我做了什麼壞事嗎？」

「是我出身貧賤啦，看到像你這種感覺出身富貴的傢伙就會不爽……欠你的人情我會還清，負責的工作也會好好做，但僅此為止。」

絲毫沒有讓我親近的餘地。

「明天早上就能抵達村莊了——我的工作只是幫你帶路，可別奢想我陪你去跟惡魔互毆。」

「嗯，我知道。」

聽到我這麼回應，梅尼爾便露出一臉悶悶不樂的表情。

雖然因為事態發展而一度交手過，但既然有緣相識一場，我個人是很希望能跟他交好的，可是真不容易啊。

「…………」

兩人之間陷入沉默後，梅尼爾呆呆遙望著即將前往的村莊方向。

……看著他那帶有悲傷的視線，我實在無法開口問他和那村莊究竟有什麼關係之類沒神經的問題。

一片寂靜中，我躺在柔軟的草床上漸漸進入夢鄉。

草木構成的神奇帳篷睡起來非常舒服。

◆

大概是因為在河邊的關係吧。

隔天早上，寒冷的空氣中起了濃霧。

乳白色的霧氣在樹木間緩緩飄流的畫面，讓人有種彷彿誤入了另一個世界般的感覺。

在梅尼爾的帶路下走著走著，我忽然看到古老的石牆殘垣。

「遺跡？」

「是啊，在村子附近。」

基於水利或交通路徑等等因素，適於形成聚落的場所從古至今都不會有太大的差異。

而且如果有從前的遺跡，也能拆成石材等資源直接留用。

這是很聰明的村莊建造手法。

雖然拆毀遺跡這種行為要是讓前世的考古學家聽到應該會悲嘆不已，但不知該說是幸或不幸，在這個時代沒有人會為了這種事情悲嘆。

……我們以古代遺跡的石頭圍牆或崩塌的牆壁為遮蔽，慢慢接近村莊。

前方感受到幾個氣息。

「找到了。」

對梅尼爾的小聲警告，我點頭回應。

「我去偵查一下，你等著。」

梅尼爾說完便一點腳步聲也不發地往前走去。他的技術高超到老練的斥候大概也會自嘆不如的程度。我雖然也有向布拉德學過一些偵查技巧，但這方面恐怕還是梅尼爾技高一籌吧……基本上有鍛鍊過的人總是會比沒鍛鍊過的人來得厲害，這是很理所當然的。

我抱著短槍躲在遺跡牆後等了一段時間，梅尼爾總算回來。

「那些傢伙在村外的神殿遺跡進行著可疑的儀式。」

「神殿的樣子還有惡魔的人員組成怎麼樣？」

「神殿是這樣的感覺。已經沒有天花板，牆壁也有幾處崩塌了。」

梅尼爾說著，用樹枝在地上畫出平面圖給我看。

「他們在神殿中央展開某種魔陣進行著儀式。兩隻《隊長級（Commande）》，臉長得像蜥蜴，我一時忘記叫什麼了……」

「維拉斯庫斯？尾巴有長刺，身上有鱗片的。」

「哦哦，確實是那個名字。」

那就是我獲得手中這把短槍《朧月（Pale Moon）》時交手過的對象。

而這次有兩隻——

「另外呢？」

「神殿外面有幾隻《士兵級（Soldier）》在巡邏。神殿內我可以確認到有一頭魔獸。」

「魔獸的詳細外觀怎麼樣？」

「頭部有點像人類，身體像獅子，翅膀像蝙蝠，大小像馱馬。」

「是蠍獅（Manticore）吧。」

那是一種長有尾刺的危險魔獸。

我聽布拉德說過是有點危險的對手——布拉德所謂的「有點」，對我來說有時候是「相當」或「非常」——因此要小心應對才行。

「…………」

我這時發現梅尼爾一臉傻眼地看著我。

「怎麼了？」

「你知道得很詳細嘛。」

「因為我以前被灌輸過很多啦。」

畢竟古斯在博物學的課程上教得很用心，布拉德也非常喜歡講他生前的英勇事蹟給我聽。

那兩人都有說過，和怪物對峙的時候，能夠事先知道對方的弱點與攻擊手段是很重要的事情——未知的敵人是最可怕的。

「話說回來，還好對手只有這種程度。」

「只有、這種程度……？」

在惡魔之中如果是《將軍級(General)》以上的對手，我就沒有交手經驗，風險也相對會很高。

不過這次是率領《士兵級(Soldier)》的兩隻《隊長級(Commande)》惡魔加上魔獸，而且我在交手前就先掌握了狀況——多得是方法可以對付。

於是我開口宣告：

「殲滅他們吧。」

◆

那是一座古老的小神殿遺跡。

天花板已經崩落，內部空間大約像是前世的學校教室。

排列在神殿深處的幾尊神明——雷神沃魯特與地母神瑪蒂爾的神像大概是被那些惡魔們削掉了臉部。這種因為雕像要破壞起來很費工夫，所以只削掉臉部使雕像變得「什麼人也不是」的手法，在前世的歷史中也很常見。

本來應該刻在牆上讚頌神明的文字同樣被挖除，取而代之的是用黑色的血液大大書寫、教人不禁感到暈眩的奇怪字體，也就是讚頌次元神的大量《話語》。

然後在抓住輪迴的手臂——象徵惡魔們崇拜的神明·次元神迪亞利谷瑪的徽章下面，魔獸蠍獅趴在原本獻給神明的鮮花上。

……在神殿中央，縫隙間長出雜草、凹凸不平的石頭地板上，有大量人類的遺體被高高堆疊起來。

面對那些遺體、魔獸以及迪亞利谷瑪的徽章，兩隻彷彿是把人類與鱷魚粗暴拼湊起來的惡魔正用刺耳響亮的聲音詠唱著褻瀆善良神明的《話語》。

我能理解他們在進行什麼儀式，但並不清楚詳細內容。

就算古斯再怎麼博學，他也沒有詳細涉獵到這方面的暗黑儀式。因此這也是沒辦法的事情。

我現在只知道——絕對不可以放任這個儀式繼續進行下去。

於是我悄悄接近，架起短槍直接貫穿其中一隻維拉斯庫斯的腦袋。

——維拉斯庫斯當場倒下，化為粉塵。簡直輕易到不行。

「……■■■！」

另一隻維拉斯庫斯驚訝地用惡魔話語不知大叫著什麼，並拔出彎刀朝我揮過來。

敵人面對奇襲做出反應的速度比我預想得還要快。

就在我躲開彎刀的時候，因為動作太大的緣故，讓施加在自己身上的《話語》失去效果了。

——《隱身的話語（invisibility）》。

這是對依靠視覺的對手展開奇襲時極為有效、能阻礙敵人對自己視覺性認知的《話語》。

我就是靠這魔法躲過外面那些《士兵級（Soldier）》惡魔的視線，闖進這個儀式現場的。

畢竟要是我花時間對付那些《士兵級（Soldier）》，讓兩隻維拉斯庫斯與蠍獅做好萬全的迎戰準備，會讓我相當不利。因此我遵循古斯與布拉德的教導，奇襲、先發制人——

「《落下（cadere）》《蜘蛛網（araneum）》。」

然後拆散。

對準備行動的蠍獅放出蜘蛛絲（web）限制其動作，同時和維拉斯庫斯展開近身戰鬥。

用盾牌彈開朝我砍來的彎刀，並一次接一次地刺出短槍。

考慮到維拉斯庫斯強韌的鱗片、如橡膠般的外皮以及厚實的肌肉，我選擇的是瞄準關節部位逐漸增加對手傷害的手法。

到這個階段，外面的《士兵級（Soldier）》惡魔們似乎也察覺了異狀……

「《奔跑（currere）》《油（oleum）》。」

於是我朝神殿入口附近灑出油脂（grease）好拖延時間。

然後對維拉斯庫斯從死角攻擊過來的尾巴，連看也沒看一眼就用槍頭砍斷，並藉著回槍動作朝對手喉頭一砍，第二隻維拉斯庫斯也化為了粉塵。

「嚕嗚喔喔喔喔喔喔！」

緊接著就在蠍獅扯斷蜘蛛絲大吼的瞬間……

「《加速（acceleratio）》！」

我一口氣縮短距離，將短槍的槍頭刺進牠的脖子。

「嘎！嘎──！」

面對揮舞前肢抵抗的蠍獅，我靠蠻力繼續往前推──把魔獸釘在神殿的牆壁上。

朝我揮來的利爪讓《真銀（mithril）》製的鎖子甲軋軋作響。

被固定在牆上的蠍獅接著準備朝我甩出帶刺的尾巴──

「《破壞顯現（vastare）》！」

而我則是朝牠的軀幹正面放出破壞漩渦。

「嘎、啊啊啊啊啊啊啊！」

──強烈的衝擊讓內臟當場被攪爛，魔獸發出慘叫後，終於沉默。

強大的攻擊魔法相對地風險也很高，其實我並不太喜歡使用，但畢竟蠍獅實在很頑強，想要只靠短槍解決太花時間了。

「剩下就是——」

我毫不鬆懈地拔回短槍，擺出戒備架式。

敵人還剩幾隻。就算只是《士兵級（Soldier）》也要小心謹慎才行——我雖然這麼想著，但對方卻絲毫沒有要攻進來的跡象。

「……？」

感覺奇怪的我來到外面一看，發現那些《士兵級（Soldier）》惡魔正化為粉塵漸漸散去。

在他們的胸口或脖子上，刺有白色尾羽的箭矢。

「哇。」

這功夫真是了得，不過——

「你不是說你不出手嗎？」

「我只是看形勢有利，就順便解決掉而已。」

從陰影處現身的梅尼爾環顧現場後，皺起眉頭。

「……通常來講，這應該不是一個人闖進去可以輕易獲勝的對手吧？」

「嗯，只是這次狀況比較好啦。」

面對這等級的戰力如果是正面衝鋒陷陣，想必會陷入苦戰。

因此要先掌握敵情、發動奇襲，趁對手還來不及發揮強處就全數殲滅。

這也是一種戰鬥謀略、戰士的戰鬥手段。

「就算那樣，我覺得你還是強得有點異常啊……難道你有做什麼特別的事情嗎？」

「呃～……吃了很多麵包之類的？」

畢竟以前瑪利每餐都會幫我祈求麵包（聖餅），搞不好也有因此讓我體質產生了變化的可能性。

不死神好像也講過類似的話。

「怎麼可能吃吃麵包就讓人變強啦。」

「這麼說也對。」

梅尼爾講得沒錯。

就算吃了很多聖餅，如果沒好好鍛鍊還是長不出肌肉的。

「……算啦，那種事就先擺到一旁。現在神殿已經掃盪結束，應該可以判斷敵人的主力全滅了。」

「接下來就是到村裡巡一圈，如果有殘黨再討伐掉，這樣吧。」

不論是要埋葬遺體或是到周邊搜找倖存者，在可能還有敵人潛伏的場所都很困難。雖然現在已經感受不到惡魔的氣息，我想應該是沒問題了，但保險起見，還是必須到村裡巡一圈才行。

為堆疊在神殿遺跡中的村民遺體獻上禱告後，我們便出發走向村子。

不管怎麼說，我們獲勝了。

畢竟這次行動最大的不安要素就是戰鬥的勝敗，因此現在雖然還有需要擔心的事項，不過我和梅尼爾都多少鬆了一口氣。

「如果能找到誰平安無事就好啦……」

「嗯。」

梅尼爾帶著擔心的語氣小聲呢喃。

然而就在這時後……

「……大哥、哥……」

一道微弱的聲音傳來。

……梅尼爾的表情頓時僵住了。

◆

我看向聲音傳來的方向。

有一棟被燒毀的小屋，大概是倉庫之類的吧。

從裡面爬出了一個影子。

「梅尼爾、大哥、哥……」

是被燒焦的屍骸。

全身焦黑、露出大半骨頭的小孩子。

也許是被燒掉或被扯斷的緣故——只留有上半身而已。

「有一群、惡魔……跑來襲擊村莊。」

屍骸抬起空虛的眼窩看向梅尼爾。

梅尼爾依舊僵著身體。

「我有、乖乖聽、大哥哥以前、說過的……找地方躲起來、沒有做危險的事情喔？」

對方慢慢爬過來。

把手肘撐在地上。

緩緩地、緩緩地。

「雖然很燙，我還是有忍住、沒發出聲音喔……因為……」

梅尼爾的身體開始顫抖。

用力咬牙，緊握拳頭。

「我相信、大哥哥、一定會來的。」

屍體笑了。

露出悽慘得教人毛骨悚然，卻又溫暖的表情。

「大哥哥、真的來了。謝謝。」

屍體表現得很開心。

真的非常開心地，朝梅尼爾伸出手。

「……………」

梅尼爾想要接住屍體伸過來的手。

但是卻一時猶豫了。

我不知道那是因為屍體太過嚇人，還是對惡魔的猜疑心，對自己沒能趕上的後悔，或是自責的念頭。

然而……

「咦……？」

大概是感受到拒絕的意志，屍體臉上露出了絕望。

「為什麼？奇怪……怎麼會？我……」

沒有時間再猶豫了。

我如此判斷，並跪下膝蓋。

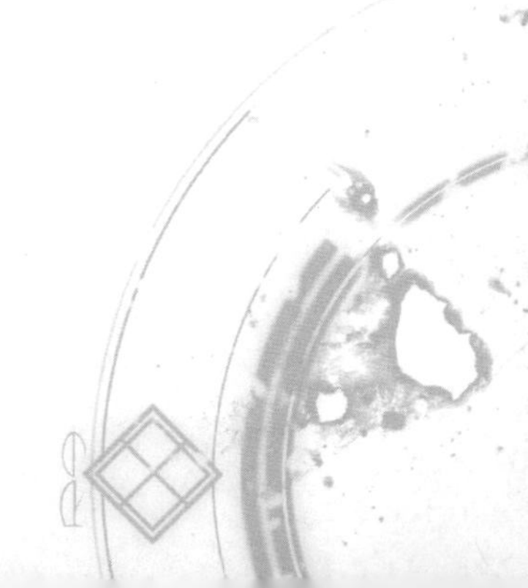

——抱起焦黑的屍骸，擁抱在胸口。

「呃、喂……！」

梅尼爾當場用驚慌的表情看向我。

不用擔心，梅尼爾。

和不死族擁抱沒有什麼好可怕的。

「你很堅強喔……很棒很棒。」

「咦？大哥哥、你是誰？」

在我懷中的少年疑惑地歪頭。

炭化的皮膚「啪啦啪啦」地隨之剝落。

「我是梅尼爾大哥哥的朋友。對不起喔，梅尼爾大哥哥他現在有點累了。」

所以剛才有點腳步不穩，你就原諒他吧。我這麼說著。

「……嗯，我知道了。」

少年輕輕點頭回應我。

「好，真是乖孩子……梅尼爾，來吧。」

我拉起少年的手臂，伸向梅尼爾。

梅尼爾這次就沒有再猶豫，緊緊握住了少年炭化的手。

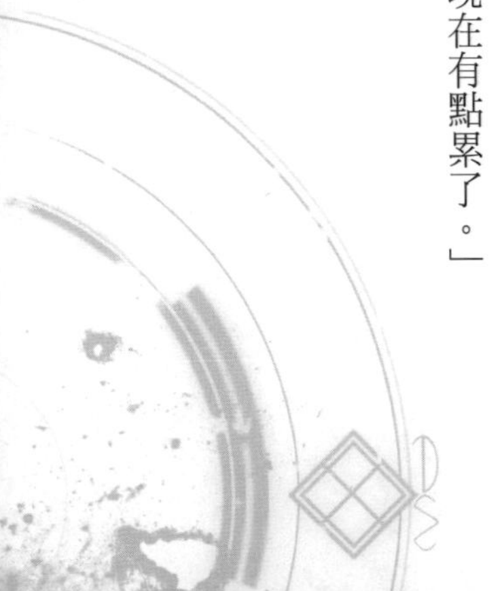

「…………抱歉，我來晚了。」

「嗯，沒關係。」

他的聲音在發抖。

「你應該累了吧，好好睡。」

「說得、也是……我好像、有點睏呢……」

「……祝你有個好夢。」

「嗯……」

梅尼爾不斷顫抖著，但始終沒有別開視線。

「……燈火之神葛雷斯菲爾，請給予安息與引導吧。」

我說出《神聖燈火引導（divine torch）》的祝禱術。

輕飄飄地浮現的燈火帶著沉睡般閉上雙眼的少年，以及好幾個徘徊飄盪在附近一帶的靈魂，緩緩升向天空。

「…………」

梅尼爾默默地目送到了最後。

「…………喂。」

「什麼事？」

「抱歉。」

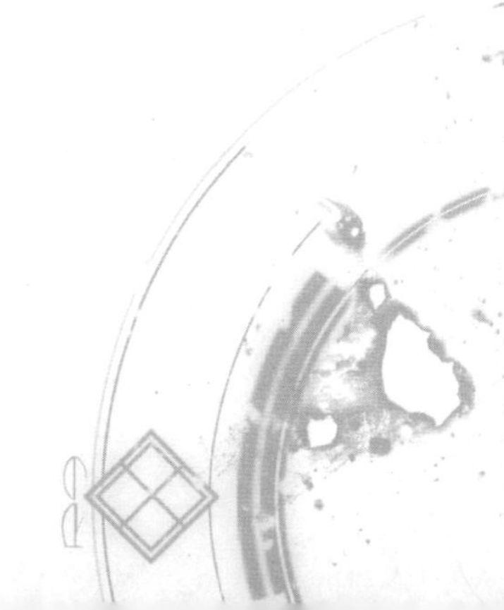

「道什麼歉？」

他彷彿在思索詞句似地沉默一會後……

「……我本來有點瞧不起你，以為你是哪個富豪人家裡有錢又會打架的公子哥，只不過是偶然獲得了神明的庇祐力量就得意忘形，到處說些漂亮話而已。」

嘆了一口氣後，他接著說道：

「所以，抱歉。」

「……我不會在意啦。」

我說著，對他笑了一下。

而他雖然臉上還殘留著濃濃的感傷，也還是微微露出笑容回應。

◆

後來我們兩人在村子裡到處巡了一圈。

梅尼爾不再表現猶豫，遇到還保有知性與理性的不死族們便會握起對方的手，一一道別。

至於已經發狂或是被憎恨吞沒的對象，就由我靠流轉女神葛蕾斯菲爾的庇祐力量強迫淨化。

「燈火之神葛雷斯菲爾……請給予安息與引導吧。」

這個《神聖燈火引導》（divine torch）雖然對不死族效果顯著，但也不是萬能的。

當遇上不死族抵抗法術的時候，能否發揮效果便要看施術者的庇祐力量強度，與對方因執著所表現的抵抗兩者之間的較勁了。

舉個假設性的例子，萬一相當於布拉德、瑪利和古斯那樣的高等不死族真心想要抵抗，就無法保證我的禱告是否能引導對方的靈魂……如果我的祝禱術有到達瑪利那樣的等級，或許即使遇到像那三人的最高等不死族，我也能硬拚強迫對方歸返輪迴就是了。

因此我本來還有點擔心可能會遭遇我難以對付的狀況，不過幸好在這村子裡，我們並沒遇到有誰化為那樣強勁的不死族。

現在我們眼前有個女性本來抓狂揮舞著燒焦的菜刀，但她的靈體漸漸從屍骸中穿透出來。她頓時呆住，並環視周圍，終於理解了狀況……

「接下來請交給我吧。」

我把手放到自己的左胸，向對方發誓般如此說道。

結果女性露出微笑，點點頭——又一個靈魂歸返輪迴了。

「呃……」

我稍微確認一下四周。

雖然因為霧氣讓人看不太清楚……不過我想主要場所應該都已經巡完了。

「梅尼爾，還有其他地方嗎？」

「……剩下一間。」

跟我來吧。梅尼爾說著，便邁步走去。

我們踏著裸露出地面、被人踩踏得很緊實的土石路，來到位於村莊深處的場所。

雖然那地方已經徹底被燒得只剩下焦黑殘骸，不過我猜本來應該是一棟稍有規模的大房子吧。相對於村子裡其他屋子多半只有一間大房間，或者頂多兩個房間加上倉庫或家畜棚，這棟屋子看起來應該有三、四個房間。

梅尼爾稍微望了一下那棟房子後，深深吸氣，緩緩吐出。

接著緊握起拳頭……

「嘿！瑪普爾婆婆，在家嗎！」

梅尼爾大聲呼喊。

「……哦？」

一具靈體穿過焦黑的柱子，出現在我們眼前。

「這不是梅尼爾嗎？」

是個相當高齡的老婆婆。

然而她的背一點也不駝，看起來身姿筆挺。

我不禁有點回想起古斯——就在那瞬間，我察覺一件事而頓時不寒而慄。

……不妙。這位叫瑪普爾婆婆的幽靈恐怕相當接近最高等級。

相對於其他幽靈看起來都模模糊糊不太清楚，這老婆婆的身體就像古斯一樣清晰可見。

雖然我沒辦法連戰鬥能力都觀察出來，但至少可以推斷對方的精神非常強韌。

……萬一她陷入錯亂，對法術表現抵抗，靠我的能力有可能無法送走她的靈魂。

換言之，我恐怕需要用《朧月（Pale Moon）》或《噬盡者（Over Eater）》之類對靈體有效的魔法武器，當著梅尼爾的面前傷害這位老婆婆的靈魂……

「呵呵。年輕人，你用不著那麼擔心。」

老婆婆看穿我一時的動搖，笑著說道：

「我還沒有老到糊塗呀。」

——從她的眼神中，明顯可以感受出理性的光彩。

◆

「……是嗎，那就太好啦，婆婆。雖然妳似乎有什麼留戀還留在人世，但妳放心吧。

看，這傢伙可是真正品德高尚的高等神官大人。是我偶然認識的。」

梅尼爾對老婆婆的幽靈講了起來。

而且莫名多話。

「不論是要讓婆婆這樣徘徊人世的靈魂歸返輪迴，或是治療傷患，全都難不倒他……所以村子的事情我們會想辦法，妳就抱著感謝的心快快上路吧。」

他指向我這麼說著。什麼品德高尚的高等神官，還真是有夠誇大。

「還是說，妳有其他未了的事？要留什麼話給誰嗎？那我會代替妳傳話，所以……」

「梅尼爾。」

老婆婆出聲打斷滔滔不絕的梅尼爾，然後嘆一口氣。

「你做了什麼壞事吧？」

我清楚看到梅尼爾的肩膀頓時抖了一下。

「……呃、不，才沒有……妳忽然在說什麼啦，婆婆？該不會真的糊塗了？」

「你這個人太好懂啦。」

「什麼好懂？」

梅尼爾努力想含糊帶過去，但一點都行不通。

瑪普爾婆婆帶著確信繼續說道：

「謊話呀，謊話。你說謊我馬上就能知道了——畢竟你雖然個性彆扭，骨子裡卻是忠厚老實又有潔癖。」

梅尼爾一時講不出話來，讓老婆婆笑了。

這情景感覺就像家人一樣。

不死族與人的家族——與那三人度過的時光不禁浮現我腦海。

「殺人搶劫什麼的，根本就不適合你。」

「…………」

「你差不多也該明白了吧？那種靠武力爭個你死我活的人生，你還是早早放棄比較好。」

「吵死了……」

老婆婆的聲音講得鏗鏘有力。

相對地，梅尼爾的聲音則是不斷顫抖。

「吵死了啦！講得好像妳什麼都懂一樣！那妳說我到底該怎麼做才對嘛！」

梅尼爾的大叫聲幾乎就像在哭喊一樣。

「婆婆死了！村子的人又挨餓受凍！我還有什麼其他辦法！就只能依靠武力了吧！還是說要我向神禱告……神明從來都沒有救過我啊！」

他吼著，朝老婆婆的幽靈伸出手，卻抓了個空。

「可惡……可惡、可惡！」

梅尼爾最後跪到地上，縮起身子……而我始終只能在一旁看著他。

「我已經受夠了……拜託讓我跟妳一起走啊……」

在濃霧瀰漫的毀滅村莊中，美貌半精靈的聲音帶著哀傷響徹四周。

「混血雜種的壽命，對我來說太長了……」

繼承了精靈族血脈的存在會擁有數百年的壽命。

他的生命不會輕易就結束。

即便失去重要的人，喪失重要的場所，也不會結束。

……我究竟該對他說些什麼話才好？

我不知道。

「——梅尼爾。梅尼爾多，聽好。」

瑪普爾婆婆這時發出嚴肅的聲音。

梅尼爾不禁抬起頭……

「就算這樣，神還是賜給了你最後的機會。」

老婆婆緩緩露出微笑。

「這就是最後了。別再過那種像無賴一樣的生活啦。」

那笑容充滿慈愛。

甚至讓我聯想到曾經見過的地母神瑪蒂爾的《木靈（Echo）》。

……即使不會揮舞刀劍，不會施展魔法，這個人也肯定擁有比我厲害、尊貴許多的某種東西。

那微笑讓我有這樣的感覺。

「就算你討厭神，神依然無時無刻都愛著你。就算你沒注意到，神依然不厭不倦地一直照耀著你。」

已故之人的聲音，在已滅亡的村莊中迴盪。

彷彿年幼的孩童將自己藏寶的位置偷偷告訴朋友般。

「……所以說，剩下只要你能發現那道光就行了。」

試著做做看吧，如此一來總會找到出路的。瑪普爾婆婆笑著這麼說道。

梅尼爾摀著臉，顫抖地發出泣不成聲的呻吟。

接著……瑪普爾婆婆將視線望向了我。

◆

「神官大人，請聽我說幾句吧。」

「是。」

「這個傻瓜，能不能託付給你呢……他本性並不壞。所以，該怎麼說……可以請你跟他好好相處嗎？」

這是即將離世之人最後的請求，因此我明確點頭回應。

於是瑪普爾婆婆感到滿足地點點頭。

「對了，還有關於那些帶魔獸來襲擊村子的惡魔……感覺好像並不是零散集團。他們頭目的據點似乎在森林深處，然後從那裡派出惡魔手下到各地的樣子。雖然我不清楚詳細狀況，但他們看來是帶著魔獸攻擊人類，企圖實現什麼真正邪惡的事情。」

「……難道說，妳聽得懂惡魔的語言嗎？」

那是連古斯都沒能詳細理解的語言。或者可能是這兩百年來人類對惡魔語言進行了什麼研究也說不定。不過——

「唉呀，我從前有些經驗啦。」

這個人過去究竟是經歷了些什麼？

「從那些惡魔派出使魔的方向來推測……對方的據點大概是在已毀滅的矮人族都市——《鐵鏽山脈》(Rust Mountains)的方位吧。」

老婆婆望向西方。

隔著霧氣隱約可以看到遠方紅褐色的山脈，應該就是那裡吧。

「……會不會給你添額外的麻煩？」

「不，反而幫了我一個大忙。」

那就好。瑪普爾婆婆說著，對我一笑。

「我本來還擔心沒能給你什麼謝禮很抱歉，但如果這些情報能幫上你就太好啦，神官大人。」

「……呃，請問妳未了的事情該不會……」

聽到我這麼說，老婆婆呵呵笑了起來。

「沒錯。這麼重要的事情都還沒告訴別人，我怎麼能安心離世呀！」

就是這樣。老婆婆笑著繼續說道：

「雖然你難得前來，不過我不勞你引導了。其實……我已經讓神等了很久啦。」

在老婆婆身旁……我隱約看到一盞燈火。

……啊啊。

原來祢已經來了。

「所以我差不多該走啦。」

說著，瑪普爾婆婆又笑了。

正如那三人所擔心，外面的世界狀況並不好。

但至少還有人存在。不是只有絕望而已。

「……梅尼爾，你要好好活下去。這世上難以挽回的事情多得是，要懊惱要裹足不前也適可而止點。快快站起來，邁步向前，做自己該做的事吧。」

「可惡……婆婆，妳也太任性了。」

對於梅尼爾這句怨言……

「哈哈，彼此彼此……唉，真拿你這孩子沒辦法。」

瑪普爾婆婆瞇起眼睛，最後給梅尼爾一個擁抱。

即使幽靈的手碰不到東西，也依然輕輕撫摸梅尼爾的背。

「那麼接下來的事情就拜託你們了。」

婆婆用平靜的聲音如此說道。

「是，請放心交給我們吧。」

於是我把手放到自己左胸上，發誓回應。

婆婆對我一笑。

……就這樣，又一個靈魂歸返輪迴了。

◆

老婆婆歸返輪迴，呆了好一段時間的梅尼爾總算冷靜下來後……

經過討論，我們決定先處理村民們的遺體。

我透過魔法和祝禱術重新清淨神殿遺跡，使之形成野獸也無法靠近的淨域。

接著對遺體交握雙手禱告，用魔法清淨，抬起來，排列在神殿遺跡。

禱告，清淨，抬起來，搬送。

禱告，清淨，抬起來，搬送。

禱告，清淨，抬起來，搬送。

不斷重複這個過程，無論是再怎麼悽慘的遺體都一樣。

反反覆覆之間，我在腦中思考。

——外面世界的現況很黑暗。離開死者之街後才短短幾天的時間，我就經歷了好幾場戰鬥。

惡魔和魔獸等危險的存在至今仍未被驅逐，依然威脅著人民的生活領域。而當這些存在製造了傷害後，可能是緩衝制度不存在或極度缺乏的緣故，迫使走投無路的難民化為強盜，又造成第二、第三次的傷害。

在秩序蕩然無存，大家都沒有餘裕的狀況下，合理性的判斷自然捨棄了慈悲與寬容，使得暴力與弱肉強食的觀念橫行。

至少在這片稱為《獸之森林(Beast Woods)》的地區一帶，或者可能更廣的區域中，我想都是同樣的狀況。

——光是其中的冰山一角就慘不忍睹。

當然我也可以大聲主張「這就是他們的文化、社會與做出的選擇，不是外人可以干涉的事情」並自認是個中立的旁觀者，視而不見地繼續走我的路。

我的故鄉是死者之街，不是這片森林。

我只是個過客，沒有義務為這塊地區做什麼事情。

畢竟整個地區的社會問題不是單靠一個人一朝一夕的努力就能解決。我只要在不違背誓言的程度下處理眼前的問題，打從一開始就別插手多管閒事。這也是一種選擇。

目前看起來，以一名戰士來講，我在外面的世界似乎算是相當強的類型，而且擁有魔法的力量與神的庇佑，又有為數可觀的財產。如果只想要一個人默默享受平靜的生活，肯定是簡單到教人傻眼的程度吧。

只要找個對個人來歷不會深究的城市混進去，總會有辦法。

不過……

——但願在汝之旅途上。

——給予邊境之地的黑暗一盞光明。

既然這是神的願望，我總不能不聽吧。

畢竟祂對我可是有怎麼還也還不清的大恩啊。

話雖如此——

「該怎麼做才好呢？」

這件事的本質不在於惡魔或魔獸，而是其衍伸出來的貧困與缺乏秩序等等社會問題。如果是惡魔或魔獸我還可以用劍用槍擊敗，但面對社會問題，就算拿魔劍揮砍也無法獲勝。

……這下真的該怎麼做才好啊？

我如此思索著，並繼續反覆禱告、清淨、抬起來、搬送的過程。

◆

幾天過後，村民們回到了毀滅的村莊。

他們看到村子的狀況，同樣表現出大受打擊的樣子。

村裡到處被燒成焦土，也有大量房屋倒塌。

——大家到處找來殘留可用的農具，一起挖洞埋葬遺體。

就這樣進行了一場簡單的葬禮。

村民們輪流朝躺在墓穴中的遺體鋪蓋少量的泥土。

而我也在一旁看著他們，並詠唱以前瑪利和古斯教過的聖句，稍有個樣子地主持葬禮。這部分的形式真的只是我參考大家的講法做得煞有其事而已，以後還是要找個正式組織的神官好好請教一次才行。

等這些都告一段落後——

「呃，請問……你們今後怎麼打算？」

我針對這件事詢問了一下村民們。

畢竟就算可以請倖存的居民找還能住的房屋擠一擠，暫時解決居住問題，但已經無法耕作的田地也不少。

如果糧食問題無法解決，迫使他們終究必須選擇成為強盜，那麼最壞的狀況下，或許我只能拿錢給他們，請大家分散到鄰近村落了。

正當我這樣想的時候……

「哈哈哈！唉呀，總會有辦法啦。」

村民們卻是對一臉擔心的我大笑起來。

接著把我帶到倉庫，開始挖起地面的土石。

「…………啊。」

結果從地底下陸陸續續挖出塞滿穀物的稻草袋與壺罐。

「畢竟在這一帶，放火搶劫之類的事情根本不足為奇啊。」

「沒錯沒錯。只要能回到村子，總會有辦法的。」

「咱們不至於什麼事都要勞煩神官大人照料，所以您就放心吧。」

另外也有居民從村莊周圍的森林中，帶回了原本不知是藏在哪裡的食物與資材。

……看來這些人也不是簡簡單單就會被打敗的。正因為是生活在強盜問題層出不窮的土地，讓他們培養出了相對應的頑強與堅強。

「……這樣我的確是安心多了。」

至少我原本打算從頭到尾照料他們的想法根本就是過於雞婆。

這次只是因為面對的惡魔和魔獸有點超出一個村莊能夠應付的等級而已。其實就算沒有我，他們也總會有辦法生存下去的。

既然如此，我該思考的就不是照料他們到最後……而是加上我的力量之後能夠做到什麼程度。

村子裡開始燃起營火，婦女們製作料理的熱鬧聲音傳來。

看來今晚為了弔念死者兼慶祝返鄉，將會舉辦一場盛宴的樣子。

「神官大人是幫咱們搶回村子的大恩人。」

「請您務必也來參加宴會。」

「好的，我很樂意。」

我點頭回應——的同時，忽然注意到一件事。

「……………咦？」

梅尼爾的蹤影不知何時消失了。

◆

向正在準備宴會的村民們告知一聲後，我便出發尋找梅尼爾的下落。

……畢竟他的行李似乎還放在村子裡，所以應該不是已經離開了才對。

我雖然看不到妖精，不過根據魔法師的理論，這世界的萬物皆是透過《話語》成立的。

因此我試著讀取象徵樹木或土壤等等較不容易讀取的《話語》和《記號》，憑感覺走在森林中。

「……………」

冬季乾燥的森林特有的氣味。

葉片落盡而變得宛如郊野枯骨的樹木，以及依舊綠意盎然的常綠樹。

已經沉下大半的夕陽從西邊將天空染成暗紅色。

寒風「咻咻」地從樹木之間吹過。

四周漸漸變得昏暗下來。

「……《光（lumen）》。」

我讓《朧月（Pale Moon）》的槍頭點起光芒。

不可輕忽大意。

畢竟這裡才剛被惡魔和魔獸襲擊過，誰也不曉得會從何處冒出什麼東西。

因此我不敢放鬆警戒。

注意觀察四周、一步一步前進的同時，我在腦中思考著。

……梅尼爾還好嗎？

和瑪普爾婆婆的別離肯定讓他打擊很大吧。如果換成我的狀況，大概就像是布拉德或瑪利因為突發事件而忽然離世的感覺。

……這樣一想讓我重新認知到，這是相當難受的事情。

這種時候就算才認識不到幾天的我在他身邊，應該也幫不上什麼忙。

或許他現在需要的是獨自冷靜思考的時間，搞不好我想做的事情根本是多管閒事。

但就算如此……

——這個傻瓜，能不能託付給你呢？

既然受人之託，我至少也有義務要看一下狀況吧。

然後如果梅尼爾說他不需要我，我再摸摸鼻子回來就好。

畢竟我是個在不久之前連個活人都不認識的溫室小孩啊。

在人際關係上我根本沒有經驗值，因此打從一開始就抱著失敗的覺悟，就算做出丟臉的事情也只要到事後懊惱打滾就好了。如此下定決心的我走著走著，來到了一處有點往上隆起的斜坡。

可以看到大概是石牆之類的殘垣沿著斜坡往上延伸。

就在這時，一隻綻放磷光的妖精彷彿在舞蹈嬉戲似地飄過我眼前。

「……啊。」

我將視線順著那妖精短短一瞬間的光芒看過去，發現在斜坡上有一座被樹木遮掩的小遺跡。

大概是古代的瞭望塔吧。

建在高崗上、如今已崩塌得只剩基礎部分的遺跡處，可以看到如螢火蟲般的妖精們閃爍著光芒。

那樣子感覺就像在擔心著誰一樣。

彼此竊聲交談，並窺探著遺跡內部。

……不會錯，就是那裡了。

於是我注意著地上長滿青苔的石材，小心翼翼地踏出腳步。

爬上斜坡，繞到崩塌石牆的另一側，眼前豁然開朗。

「啊……」

從高崗上往下望去……可以看到一座石造城市的遺跡。

沿著放射狀街道建築的大量屋舍都已老舊崩壞、被森林吞沒，彷佛象徵著昔日的繁華般佇立在那裡。

一分一秒漸漸變化的夕陽顏色柔和地照耀著這整片光景。

「……呦，威爾。」

在崩塌的瞭望塔邊，有一棵扎根在石材縫隙間、斜斜生長的常綠樹。那少年就抱著一邊大腿坐在樹根處。

被夕陽照耀的白皙肌膚，從柔順的銀髮間露出的微尖耳朵，帶有憂鬱的翡翠色雙眼。

妖精們綻放的磷光時而在他周圍飄舞。

「梅尼爾。」

——他就在那裡。

即使表現得失落沮喪，這傢伙依然看起來美得像幅畫。長相俊美還真是吃香。

我見到他的第一個念頭就是如此。

◆

「我可以坐這裡嗎？」

「隨你便。」

於是我坐到他旁邊。

「……真是漂亮的風景。」

「如果只是用眼睛欣賞啦。」

「……？」

「那座廢墟是不死族的巢穴。至今有大量的冒險者被吞沒其中，從沒有一個人回來過。」

原來是這樣。

「那我之後要去讓大家歸返輪迴才行了。」

「啥？你到底有沒有聽我講話？」

「嗯，那是個很危險的場所對吧。既然這樣就要想想辦法。」

梅尼爾左右搖搖頭後，像是在忍耐頭痛似地用手按住額頭。

「對了，你就是這種傢伙啊。」

然後「唉」地深深嘆了一口氣。

「只要和你在一起就老是讓我不對勁。我本來還自認是個個性冷淡的人的說……」

「冷、淡……？」

「很冷淡好嗎！」

「哈哈！」

我故意笑出聲音後，梅尼爾便「嗚啊啊啊」地發出呻吟。

……不知道該說是捉弄起來很好玩還是怎樣，他的反應真有趣。

和梅尼爾交談的過程中，總是會讓我有很多發現。

本以為是個好人，卻又帶有殺人毫不猶豫的一面；本以為個性彆扭，其實又很率直，然後在某些地方又很有趣。

……或許這並不僅限於梅尼爾。人類就是這樣擁有多面性的存在。

有殘忍的部分，也有溫馨的部分。

只要有心觀察，就能看出各式各樣的一面。

……所謂與人建立關係，也許就是去面對這種東西的過程吧。

我一邊想著這些事情，一邊與梅尼爾吵吵鬧鬧地鬥嘴。

像這樣與同年代的對象嬉鬧，大概是從前世的孩童時代以來就沒有的事了。

與他胡鬧一陣之後……

「……話說，那位瑪普爾婆婆究竟是個怎麼樣的人啊？」

我試著如此詢問他。

◆

梅尼爾聳聳肩膀。

「就像你看到的，是個奇怪的老婆婆啦。」

夕陽即將下山。

眼前的世界從深紅轉為紫紅色，接著又漸漸變化為黑夜色。

「……我出生在北方的《草原大陸(Grass land)》、精靈族居住的一處叫《艾琳大森林》的樹林中。我母親從年輕時代就好奇心旺盛，不但擅自離開森林，幾年後還懷了不知是誰的小孩回來。把我生下之後，她似乎就早逝了。而我因為成長速度跟周圍的小孩不同，加上母親的事情影響，結果被視為村子裡的老鼠屎。始終無法融入其中，最後還是逃出了森林……」

唉呀，簡單講就是雜種生來註定的命運啦。梅尼爾小聲如此說著。

……沒想到第一球就這麼沉重。

「人類的世界對我而言當然也不是什麼樂園……或者說，我逃出來之後才知道其實在艾琳森林遭受的對待根本只是小意思。不過幸好我會使用弓箭和短刀，更重要的是我看得見妖精。」

梅尼爾伸出手後，妖精便停到他指尖上嬉戲了一下，接著又離開。

「我至少有力量可以把企圖吃了我的對手反過來殺掉……要不然我現在搞不好已經被抓到哪裡的小巷中當男妓了。」

「畢竟你長相很漂亮嘛……」

「喂，這種時候應該要隨口否定一下吧。」

「我只是覺得你應該會在那種嗜好的人之間很受歡迎。」

「小心我殺了你。」

他就是長得很漂亮，我也沒辦法啊。不過我並沒有對同性產生性慾的癖好，所以頂多只是覺得「他臉蛋很漂亮」而已就是了。

「唉呀，總之就這樣經歷很多事之後，我成為了一名冒險者。順著《法泰爾王國》推行開放政策的潮流，來到了這塊還殘留許多遺跡的《南邊境大陸(South mark)》……」

梅尼爾接著望向遠方。

「後來遭到共同組隊的其中一名夥伴背叛，差點就被下毒殺死啦。」

「…………」

……太慘烈了。

「大概是潛入遺跡獲得的戰利品太好，讓對方心生獨占慾望了吧。那傢伙在食物裡摻毒，而我是因為沒吃幾口所以症狀還算輕微，勉強才幹掉了那個傢伙……」

這就是這個世界、這個地區的標準模式嗎……殺機四伏的狀況和上輩子所接觸的社會實在差太多，讓我不禁有點暈眩起來。

……如果換成布拉德，大概只會哈哈大笑然後盡情發威就是了。

「當時其他夥伴們全都口吐白沫當場斃命，我也因為中毒和受傷而意識模糊，搞不清楚是怎麼走的，最後就倒在那座村子旁……被瑪普爾婆婆發現了。唉呀，那時候的她應該要叫大嬸而不是婆婆就是了。」

梅尼爾望著遠方繼續描述。

「她真的是個很奇怪的婆婆。不但對我這個倒在路旁可疑又冷漠的傢伙提供餐食和床鋪，還對我說教要我正經活下去。雖然細節過程稍有差異，不過村子裡有很多傢伙也是類似這樣被婆婆撿回來收留的。」

「……她到底是何方神聖？」

「誰曉得？我也不知道。」

梅尼爾對我搖搖頭。

「她本人說是個沒啥教養的農婦，但那絕對是胡扯。反正不管怎樣，現在她都死了，真相就永遠石沉大海啦……這種事情在這片大陸也不稀奇。」

每個人都有自己的一段歷史。我不禁想起前世的這句諺語。

而遺憾的是，光透過一個人並無法解析所有的歷史。

「就這樣被收留後，她雖然是個愛說教的老婆婆，不過也照顧我很多。但我沒意願留在村子裡跟著當農夫……所以就往來這附近的村莊，幹起了類似獵人的工作。畢竟獵捕害獸程度的事情至少我還做得到。」

梅尼爾懷念地述說著，彷彿在疼惜已經壞掉的寶物。

「《獸之森林(Beast Woods)》裡有很多棘手的猛獸和魔獸，因此我多少受到大家依賴，也得到自己的容身之處——」

然後……

「——這一切卻毫無預警就失去了。」

遭惡魔襲擊的村莊。

瑪普爾婆婆。

倉庫的小孩。

「我為了守護剩下的存在，決定站到掠奪的那一方……唉呀，雖然多虧你讓我徹底失敗了啦。」

銀髮獵人深深嘆一口氣。

「這裡就是這樣的地方。不那樣做就活不下去啊。」

他的聲音中流露出宛如疲憊老人般的放棄心情。

「在這種地方比其他人還長壽，是很痛苦的一件事。痛苦到無可自拔。」

不帶有任何激烈的感情。

有的只是精疲力竭、磨耗殆盡的某種情感。

「……有時候，我甚至想死。」

◆

聽完梅尼爾的心聲……我一時不知道該說些什麼才好。

我不禁回想起自己因為前世的記憶以及不死神說過的話而跌入谷底時的事情。

我該怎麼安慰他？

我該怎麼鼓勵他？

……不知道。

我沒辦法像瑪利、布拉德和古斯他們為我做過的那樣。

什麼方法都想不出來。

和瑪普爾婆婆的幽靈相遇時，我深切體認到一件事。

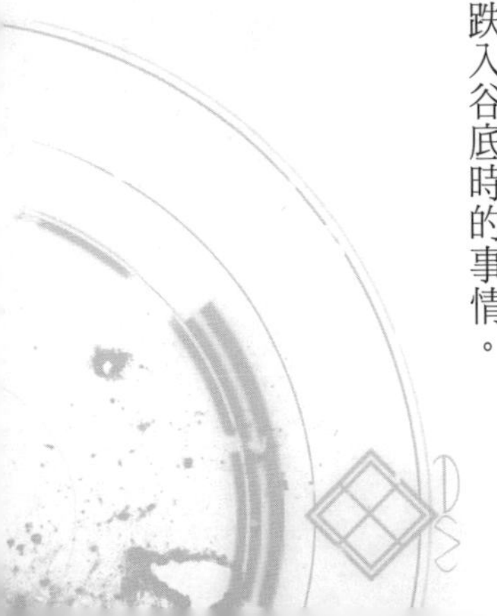

這個世界真的有神明。只要獲得神明庇祐，就能辦到治療傷口或疾病之類的事情。有點像是漫畫中描寫的超能力。

然而，人生經驗並不會因此增加。並不會因此變得能夠講出什麼引起對方共鳴、給予對方支持的話語。即便治療了身體，也沒辦法治療心靈。

那種能力終究必須靠自己累積。

然後……

「…………」

我什麼話也說不出來。

到底該說些什麼才好？

拜託誰來教教我……像這種時候，我究竟該怎麼做？

我上輩子根本沒累積過什麼。

這輩子的經驗也很少。

如果換成布拉德、瑪利或古斯，也許能講出些什麼。

但現在的我即便把腦汁絞盡……也擠不出一句適合的話。

「呃、那個……就是、呃、該怎麼說……」

把話講得支支吾吾，依然說不出什麼。

啊啊，總有一種真的退步到前世的感覺。

但是梅尼爾現在的狀況很糟。

我果然還是必須說些什麼——正當我如此苦惱的時候……

「…………好。」

梅尼爾深呼吸一口，用力伸直背脊。

彷彿在放鬆僵硬的身體般活動手臂。

「不過我差不多也該振作起來啦！」

——欸？

我不禁感到疑惑的同時，梅尼爾也看向我歪了一下頭。

「嗯，怎麼？你在那邊表情變夠了？」

「咦……？咦？咦？」

我頓時陷入混亂。

呃、不、等等。

他明明到剛才還那麼沮喪的……咦？

「……哦～哦～開始慌啦開始慌啦。你啊，當『神官大人』的時候和平時的落差真的超大的。」

「吵、吵吵吵吵死了！」

「進入神官大人模式時明明那麼帥氣的說。」

「不，那是、呃……」

梅尼爾的聲音聽起來在調侃我。

他接著稍微利用反作用力輕輕站起身子後……用認真的眼神看向我。

「威爾，威廉，燈火之神的神官大人……我真的很感謝你。多虧你在事情變得難以挽回之前阻止了我，還救了村子的那些人。所以——」

他將手放到胸前。

緩緩單腳跪地，對我垂下頭。

「我希望在你的牽線下，請求燈火之神的守護。」

聽到那認真的語氣，我彈跳似地趕緊站起身子面對他。

……他這句話，是向自己的守護神變更誓言的時候慣用的話語。

「請問你願意接受嗎？」

「……就讓敝人從中牽線，連結你和神之間的緣分吧。」

我用瑪利以前教過的古代慣用話語回應。

然後輕輕把手放到跪在地上的梅尼爾頭上，向女神禱告。

「我為你祈禱——願今後燈火之神葛雷斯菲爾將愛你，照耀你，在人生路上伴隨你。」

在黑夜中，我感受到自己背後微微點亮一盞淡而溫暖的燈火。

「……那麼，在此向我的守護神立誓。」

梅尼爾抬起頭，仰望那盞燈火。

「我願償還罪惡，並邁步向前活下去。」

那是一句強而有力的宣言。

「希望祢的燈火能夠照亮我眼前的路。」

同時也是瑪普爾婆婆直到最後對梅尼爾的期望。

「梅尼爾……」

「世上難受的事情很多，有時候也會讓人被打倒，甚至會想要就這樣倒下一了百了。但是，我可沒有一直倒在地上的打算。」

他聳聳肩膀，露出苦笑。

「我會想辦法振作起來，聽婆婆的話邁步向前，做自己該做的事啦。」

上輩子的我到最後都沒能自己一個人站起來，這輩子的我在受到瑪利斥責之前也遲遲無法振作。

可是梅尼爾卻靠自己的力量振作起來了。

在換成是我的話，恐怕再也站不起來的狀況中，他自己一個人找到感情上的妥協點，自己一個人切換心境，摸索出對自己過去的行為負責的方法，自己重新振作了起來。

或許其中也含有虛張聲勢的逞強，或許也要多虧瑪普爾婆婆說過的話——但即便如此，也是我辦不到的事情。

我覺得自己必須為他說些什麼的想法，是何等傲慢？

梅尼爾很堅強。

比我堅強。比我所想的還要堅強許多。

……如果前世的我擁有這份堅強，或許結果會有所改變也說不定。

這樣一想，無處宣洩的後悔便頓時湧上我的心頭。

「梅尼爾……你真的很厲害。我尊敬你。」

「你說什麼啦，噁心死了。厲害的應該是你吧？你那是什麼戰鬥力。」

我不禁帶著讚嘆與敬意如此說道後，梅尼爾站起身子輕輕戳了一下我的肩膀。

「厲害的不是我啦，是我的老師們很厲害。」

「說真的，你到底是何方神聖啊……唉呀，我不過問就是了。」

我們這麼交談著，並踏出步伐。

「好啦，咱們差不多該回去了。飯菜也應該快做好了吧。」

「哦哦，說得也是。再晚下去會害他們擔心的。」

就這樣，我們並肩回到了村莊。

村子裡弔念兼慶祝歸鄉的宴會正好要開始。

雖然只是個小小的宴會，不過我倒是被大家勸了好多杯酒。

因為梅尼爾打算躲在角落，於是我把他一起抓過來拖下水，結果遭到抵抗，演變成一場莫名其妙的攻防戰。

互相打鬧，互相嬉戲，偶爾聽聽村人們回憶與故人的過往。

就是這樣一晚的宴會。

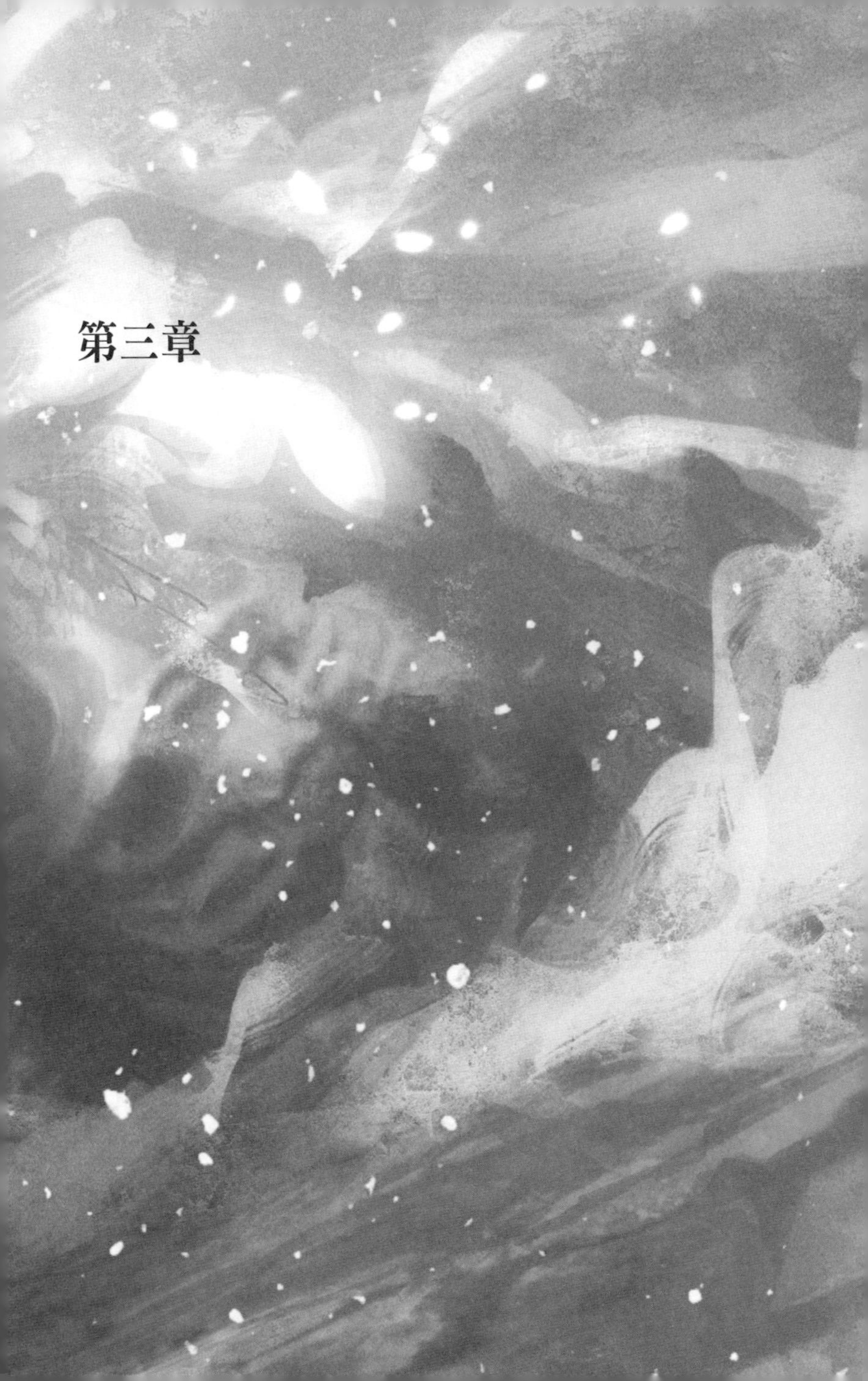

第三章

「……家畜全被殺光，很多沒有替代品的道具也壞了。」

「嗚哇……」

從惡魔手中奪回村莊，讓村民們回來之後，依然是問題重重。

家畜類和道具類的消耗都相當嚴重。

村民們都露出嚴肅的表情商量著各種事情。

「這下必須到《白帆之都（White Sails）》去採買啦……」

「可是哪來的錢？」

「而且人手也……」

聽著那樣的對話，我向梅尼爾詢問了一下其中讓我在意的詞彙。

「《白帆之都（White Sails）》是什麼？」

結果梅尼爾頓時露出一臉看到奇珍異獸的表情望向我。

……那該不會是只要住在這一帶的人都理所當然會知道的地名吧？

「說真的你到底是何方神聖啦……也太過與世隔絕了吧。」

他說著，便粗略向我解說了一下這個地區的歷史。

布拉德和瑪利生前那個時代，在現代似乎被稱為《大聯邦時代（Union age）》的樣子。

據說那是各式各樣的種族組成一個巨大的聯邦，除邊境地區以外鮮少紛爭，是一段和平的黃金時代。

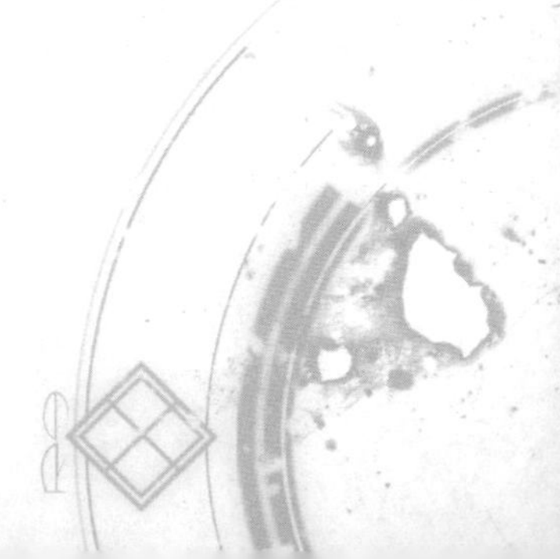

後來惡魔們的大氾濫引發大崩壞，致使《大聯邦(Union)》瓦解。這塊《南邊境大陸(South mark)》遭到惡魔群吞沒。雖然《百人英雄》——也就是布拉德他們——討伐了惡魔之王，但最後人類依然不得不暫時放棄了這塊大陸。渡過海峽與稱為《中海》的內海，撤退到北方的《草原大陸(Grass land)》。

然而《草原大陸(Grass land)》也在大崩壞的影響下讓中央政府喪失了統治能力，演變成各地群雄割據的狀態。

結果這些像軍閥般的各勢力間內亂了很長一段時間，而沒有一個勢力想要特地把手伸向《南邊境大陸(South mark)》這塊不死族、惡魔與妖魔肆虐的黑暗盡頭。

不過自從一個叫「法泰爾王國」的國家統一了《草原大陸(Grass land)》西南部之後，風向便稍微起了變化……最近幾十年開始打著「奪回《南邊境大陸(South mark)》」的名號，重新來開拓這塊地區。

至於《白帆之都(White Sails)》就是這項南下殖民行動的中心港都。

……那麼不知道這個地名當然會讓人傻眼了。

不管怎麼說，總之那座位於《南邊境大陸(South mark)》北部的港口，同時也是開拓據點的《白帆之都(White Sails)》據說有許多移民船與交易船往來，非常繁華。

而既然有大量移民船與交易船出入，各種可疑的傢伙、有隱情的人物或是遭故鄉放逐的流民等等也自然會來到這裡……而這個時代的入境管理根本有跟沒有一樣，當然也就沒有隔絕這些人的手段。其中有些人選擇在《白帆之都（White Sails）》投身犯罪組織，有些人則是躲到領主權力無法伸及的邊境深處開拓自己的家園。

如此這般，讓這片《獸之森林（Beast Woods）》中零零星星地形成了幾處獨立聚落。

「除了這些人以外，也有很多冒險者前來。雖然那些人和冒險者之間真要講起來，感覺也沒太大差異就是了……」

所謂的冒險者，據說是靠著發掘《大聯邦時代（Union age）》的遺跡或從事一些類似傭兵的工作賺取每日食糧的職業。他們並沒有隸屬於什麼統一的組織，而是透過大城市中通常都會存在、針對冒險者經營的酒館接受委託工作。

當中基本上很多都是經濟拮据的窮人，但也正因為如此，才會對《大聯邦時代（Union age）》的遺跡懷抱夢想。

「畢竟只要運氣好一點，找到裝滿金幣的罈子之類的東西，就能一夜致富、人生大逆轉啦。所以夢想能大撈一筆的傢伙們就會自稱是冒險者來到這地方……另外也有懷抱英雄志願的傢伙，或是像你這樣收到神明啟示的傢伙，形形色色都有。」

原來如此，並非全部都是經濟上有困難的人，可說是相當複雜的職業。

「你應該也是差不多吧？既然說是透過啟示助人，那麼應該也含有招募信仰之類的目的吧？畢竟葛雷斯菲爾神原本在南大陸是根基很深厚的信仰嘛。」

「……那部分麻煩再詳細一點。」

我稍微問了一下才知道，燈火之神大人似乎原本是在這塊《南邊境大陸》擁有主要信眾。然而因為兩百年前大崩壞造成惡魔氾濫，使《南邊境大陸》被搞得一團糟的緣故，信徒也四散各地了。

雖然其中有一部分信徒逃到北方的《草原大陸》讓燈火之神的名聲勉強得以維持，但不同於那些不限地區皆擁有大量信徒的大神明們，燈火之神的信仰如今已相當衰微的樣子。

「…………」

惡魔與魔獸的肆虐。

生活吃緊，有時甚至被迫成為強盜的人民們。

有如風中殘燭的信仰。

各種問題已經很教人頭痛了，再加上神明給予我的使命就是要想辦法解決這些問題……該怎麼說呢，讓人更加頭痛啊。

布拉德，瑪利，古斯，外面的世界真的好可怕。我不禁在內心某個角落如此嘆息。

接著緩緩吸氣、吐氣——老實講，這負擔不管怎麼想都太沉重了，讓我很想舉白旗投降。但畢竟我向神明發誓過，決心要好好活下去。

為了信仰，我就盡力試試看吧。

「……首先要解決的，就是這個村子的問題了。」

「關於這點，雖然老是依賴你很不好意思，但這村子的人實在沒什麼錢。所以如果方便，可以先跟你借一些——」

「……啥？」

「梅尼爾，我們去遺跡探險吧！然後酬勞分半！」

梅尼爾頓時張大嘴巴傻住。

◆

「沒想到你居然那麼擅長探找遺跡。」

「因為我很習慣啦。」

我和梅尼爾到村子附近的遺跡將徘徊的不死族們送返輪迴的同時，順便攻略了一下。

畢竟我以前老是被布拉德和古斯丟到死者之街的地下城磨練，因此對這方面的事情還算拿手。而梅尼爾也不愧是曾經當過冒險者，相當機伶俐落。

就這樣透過從遺跡回收金錢與魔法道具等等東西，梅尼爾獲得了重建村莊的資金，我也成功補充了之前各種開銷所花的錢……據說在這一帶還有很多無人涉足過的遺跡，看來我暫時都可以靠這方法籌措活動資金的樣子。

「說真的，你到底是何方神聖……」

「不是說不過問的嗎？」

「唉呀，是沒錯啦。」

而現在，我和梅尼爾正走在前往北方的旅途上。

目的地是《南邊境大陸(South mark)》最繁華的城市——《白帆之都(White Sails)》。

不過我們的目的各自不同。

梅尼爾的目的非常簡單，就是幫忙恩人瑪普爾婆婆的村子去採買各種生活必需的家畜與道具類。

相對地，我的目的就很多了。一方面也是想幫忙梅尼爾，一方面也是想知道惡魔們在《獸之森林(Beast Woods)》的活動狀況，以及收集更多關於大陸與各國家的情報……無論是要對付惡魔們可疑的行動，要宣揚燈火之神的信仰，或是要幫助村民們，首先都必須到人潮與物資集中的城市。

「…………」

我們默默走在《獸之森林(Beast Woods)》中。

林中小路兩旁的風景始終沒什麼變化。

茂密的樹木綿延不絕，讓景象顯得昏暗。

幸好現在正值暮冬，灌木叢和野草沒那麼濃密，然而像這樣一直走在樹林中還是會讓人有種好像在同個地方繞圈子的感覺。

這幾天來，周圍看到的都是這樣的景色。

今天也走了半天左右，當太陽快要升到頭頂的時候，我終於忍不住叫苦了。

「我們有在前進吧……？」

「當然有在前進啊。你受不了啦？」

「也不是那樣。」

「……唉呀，我也能理解就是了。」

真希望快點走到哪個村子或是視野遼闊的平原地帶啊。梅尼爾如此說道。

「現在這個時期可以看到冬小麥的麥穗隨風搖蕩，應該還算漂亮。」

「哦哦，聽起來不錯。」

就在我聽梅尼爾的描述，不禁想像起那樣的景象而感到動心的時候……

「呀啊啊啊啊啊啊啊啊啊啊啊！」

「救、救命……誰來救救我們啊！」

尖叫聲響徹林中。

我和梅尼爾互看一眼後，便立刻朝聲音傳來的方向衝了過去。

◆

「呼喔喔喔喔喔！」

那是一隻深褐色皮毛的巨大猿猴。

身高超過兩公尺。

體重應該也有將近三百公斤吧。

好粗壯。

不論手臂或腿部都好粗壯。

軀幹也是、頸部也是、嘴唇和眼睛也是，都好粗壯。

……是讓我不禁會聯想到前世讀過的格鬥小說中，各種描寫詞彙的巨人猿（Giant ape）。

「呀啊啊啊啊！」

有兩個人影連滾帶爬地拚命逃竄。

背著行囊、看起來像是旅行商人的瘦男子，以及背著弦樂器的少女……不對。

「是半身人（Halfling）啊。」

梅尼爾如此小聲呢喃。

那女性的確身材非常矮小。

然而腳步卻相當快。

有著一對像樹葉的尖耳朵，以及一頭紅色捲髮。

以前古斯教過我，那是喜好唱歌跳舞與吃東西、性情開朗又身材嬌小的流浪種族……呃，現在不是想這些事情的時候啊。

那兩人朝我們的方向奔跑過來。

半身人的少女從行囊多而重的男子身邊追過去的同時……

「哇、喂！快、快把東西丟掉呀！笨蛋！」

「可是……」

「沒有什麼可不可是的啦！」

就在少女與臉色發青、滿頭大汗的旅行商人爭執起來的時候，巨人猿(Giant ape)從後追上，讓那兩人「哇！」地大叫一聲，分頭逃竄。

少女活用她嬌小的身材鑽進茂密的樹叢裡，感覺應該能夠順利逃走才對。可是……

「…………」

她接著眼見旅行商人快要被巨人猿(Giant ape)追上，立刻露出做好覺悟的眼神。

然後從地上隨便撿起一根樹枝……

「這邊、這邊啦！」

朝巨人猿(Giant ape)用力丟了過去。

看來她打算讓自己當誘餌的樣子。

「過來……吧？咦！你是誰……咦？呃、危險……！」

就在這時，我趕上了。

我插入半身人少女與巨人猿(Giant ape)之間。

巨人猿(Giant ape)因為忽然現身攪局的我而停下腳步，瞪大眼睛。

「呼喔喔喔喔喔！」

然後張開嘴巴，強調牠又粗又長的犬齒，對我大聲威嚇。

周圍的空氣頓時用力震盪。

我則是目不轉睛地盯著巨人猿(Giant ape)的眼睛。

「吼、喔喔喔喔！」

巨人猿(Giant ape)接著用手掌拍打起自己的胸口。

有如連續敲打太鼓的聲音響徹四周。

但我依舊緊盯著巨人猿(Giant ape)的眼睛。

「喔喔喔………」

透過眼角餘光，我看到梅尼爾救起了那位旅行商人男子。不過我還是沒有把視線從巨人猿(Giant ape)身上移開。

我始終盯著巨人猿（Giant ape）。對方則是看著我發出低沉的吼叫聲。

布拉德說過，當遇上野生動物的時候，把視線別開就輸了。

……儘管放馬過來吧。想要來場摔角嗎？我奉陪到底。

「喔、喔。」

被我帶著戰意緊盯一段時間後，巨人猿（Giant ape）開始慢慢往後退了。

沒過多久，對方便比我先別開視線，轉身逃回樹林深處。

「……呼。」

能夠不戰鬥就收場，真是太好了。

「請問妳沒事吧？」

我轉回身子如此詢問……

「那是什麼！剛才那是怎麼回事？好厲害好厲害！我說大哥大哥，你是何方神聖呀！冒險者嗎？激動狀態的巨人猿（Giant ape）通常不可能光靠視線就停下來的！好厲害好厲害！」

結果半身人少女興奮地朝我衝過來。

……眼神還因為好奇心而閃閃發亮。

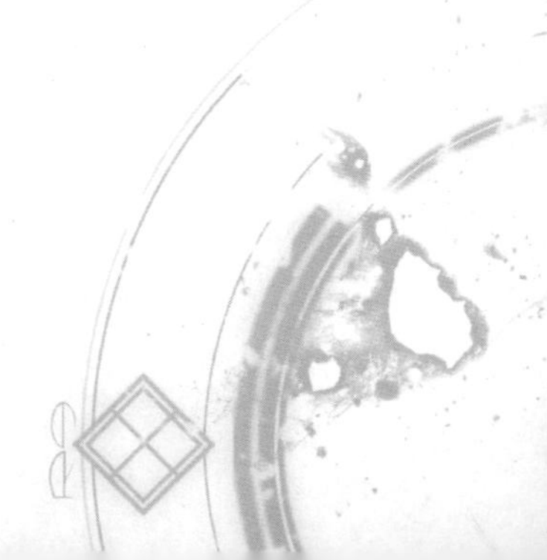

◆

「我叫羅碧娜！羅碧娜・古德費洛！是自由奔放遊歷四方，會唱會跳的吟遊詩人喔。叫我碧就可以了！然後這個矬矬的男人是旅行商人安東尼奧！暱稱托尼奧！他原本任職的商會因為船隻接連沉沒而破產了，所以現在是往來邊境鄉村的旅行商人喔！」

碧小姐是有著一頭紅色捲髮，體型像小孩子一樣的半身人……少女、吧？畢竟半身人雖然外觀看起來很嬌小，但據說比人類還長壽，因此我也不清楚她實際年齡如何。只知道是個非常多話的人。

是我至今還沒遇過的類型。

「哈哈哈，這下我沒話可以講了。你們好，我是安東尼奧。請簡單叫我托尼奧就可以了。正如羅碧娜所說，是個微不足道的旅行商人。現在正在返回據點《白帆之都》(White Sails)的路上……唉呀~剛才真是驚險啊。非常感謝兩位。」

安東尼奧先生則是個下巴留鬍鬚、年約三十多歲近四十的男人。

個性溫和感覺很好相處，不過同時也有種頹廢而缺少霸氣的感覺……嗯，這樣講或許很失禮，但碧小姐形容「矬矬的」我也多少可以認同。

「我是梅尼爾多，原本是個冒險者，目前則是在這一帶地區當獵人。現在是準備到城鎮去採買東西。然後這位……」

梅尼爾說著，朝我看過來。

……「自我介紹」這種事情，我從上輩子就不怎麼拿手的說。

遇到這種時候總是會很緊張。

「我叫威廉。威廉・G・瑪利布拉德。姑且算是個冒險者，同時也是侍奉燈火之神葛雷斯菲爾大人的神官。」

請叫我威爾就可以了。我說著，露出微笑。

嗯，如果自我評分應該算及格吧……

「哇！好像貴族的名字喔。等等，葛雷斯菲爾？葛雷斯菲爾是那個吧！南大陸的！據說現在幾乎已經沒有神官的那個神明！哇～哇～原來還有呀！而且還是個很厲害的神官戰士對吧！面對巨人猿(Giant ape)能夠那樣毫不畏懼地挺身對峙，代表你肯定很強吧！」

「是啊，這傢伙雖然總是呆呆的，實力卻強得要命……像我跟他走在一起就幾乎不太會被野獸襲擊。」

「那是代表連野獸都能看出實力差距而自行避開的意思嗎！哇，簡直太厲害了！」

……咦？

「通常應該會遇到很多野獸嗎？」

「是啊，所以才會叫《獸之森林(Beast Woods)》的。」

連安東尼奧先生都對我露出一副「這傢伙在講什麼啊？」的眼神了。

「話說回來，你們只有兩個人嗎？護衛呢？被殺掉了？」

梅尼爾說著，環顧四周。

「唉呀怎麼說，講起來丟臉，剛剛在那兒遭遇到巨人猿(Giant ape)的時候，讓他們給逃了……」

「而且還因為那些人一邊逃一邊大吵大鬧，讓巨人猿(Giant ape)整個亢奮起來，害我們吃了大苦頭啦！」

明明巨人猿(Giant ape)其實不會攻擊人類的說！只是外觀有點恐怖而已，其實很溫馴的說！碧小姐憤慨地如此大叫著。

聽到這些話，梅尼爾頓時大笑起來。

「噗哈哈，也就是說你被那些人虛張聲勢的裝備矇騙，結果對方拿了訂金卻臨陣逃跑了是吧！這位商人，你看人的眼光還有待磨練啊。嘻嘻嘻……！」

安東尼奧先生羞愧地縮起身體，梅尼爾則是拍拍他的肩膀表示安慰。

看來這種事情在冒險者之間是常會聽到的話題。原來這種事經常發生……等等，也就是說他們兩人現在沒有護衛嗎？

「請問你們接下來怎麼打算呢？如果不介意……」

「如果不介意，咱們可以陪你們走一程喔。就當是欠一次人情。」

梅尼爾忽然打斷我的話插嘴進來。

而且還用眼神強烈對我示意「你別跟人交涉！」讓我不得不閉上嘴巴。

「唔，欠一次人情……言下之意是？」

「我想到《白帆之都(White Sails)》採買一些家畜。我之前幫忙這傢伙探索遺跡，挖到不少寶物。因此想說要回報一下村子裡的人。」

「哦哦，原來如此！既然是這樣當然沒問題，我可以介紹有門路的商人給你認識。」

「就拜託你啦……很抱歉剛才這樣插嘴，畢竟這傢伙有點不諳世事。」

「啊，果然是哪個貴族家出身的嗎？氛圍上就是有那種感覺！該說是很純粹嘛，或者說有點不懂世故。」

「不、呃、關於我的出身……講出來應該很難讓人相信，我也不方便太張揚。」

「也就是出身高貴到不方便跟人講太多的冒險者是嗎！而且又是沒落神明的神官！哇哈～！太棒了太棒了！身為一名詩人，可以湧出好多靈感呢！」

呃？總覺得我不管講什麼好像都會被誤解的樣子？奇怪了……

◆

後來我們在暮冬的《獸之森林(Beast Woods)》一成不變的景色中走了好幾天的路。我對碧小姐和安東尼先生很快就改稱為碧和托尼奧先生了。

畢竟托尼奧先生個性溫和，非常善於拉近人與人之間的距離。碧更是態度開放到甚至會讓人不禁懷疑她根本沒有「人與人之間的距離」這種概念。

「哇哈～！我來啦～！」

每到一個村落，碧就會用無比開朗的笑聲吸引周圍的人，玩鬧一場。又唱又跳地炒熱現場氣氛，並收完大家投給她的錢之後，換成托尼奧先生開始賣東西。而村民們在熱鬧的氣氛中，自然就會變得比較願意掏錢包了。

這樣的組合相當有效果，連梅尼爾都不禁佩服他們巧妙的生意手法。

據梅尼爾說，所謂的旅行商人也是有形形色色各種人物，並非大家都像托尼奧先生那樣。當中也有很多幾乎像小偷盜賊或者會強迫推銷的商人……這樣想想，托尼奧先生原本是隸屬正經商會的那些話，大概也都是真的吧。

另外，托尼奧先生也相當巧妙地活用了「我」這個新加入的要素。

碧負責吸引人群，然後讓我打聽村裡是否有人生病或受傷並前往治療。傷病痊癒後又能藉慶祝康復的名義舉辦宴會，透過這樣的模式讓氣氛變得更加熱鬧。

「好的，那麼請讓我看看您的病狀——」

就這樣，我對所有傷病患們施予《疾病治療(cure illness)》或《傷口癒合(close wounds)》的奇蹟。

……就好像魔法的本質是透過《話語》從混沌中創造事物一樣，祝禱術的本質是透過這個世界的上位存在，也就是神明的威光與慈悲，改寫現實的狀況。

因此效果相當驚人，可以治療到「彷彿什麼事都沒發生過」的程度。

就好像把鉛筆畫出來的插圖用橡皮擦擦掉其中一部分，再重新畫上去一樣。是靠人類的魔法不可能達到的神之領域。

雖然因為神格帶有固定的方向性，相對地也比較無法隨機應變，所以不能算是魔法的升級版，兩者之間有所區隔。不過像這樣重新想想，還是會讓人覺得祝禱術是非常厲害的力量。

——這是向神明借來的力量，絕不能誤以為這就是自己的實力。要不然肯定不會有什麼好下場的。

「呃、那個、請問該給您多少才好……？」

被我治療好手臂燙傷痕跡的婦人對我如此詢問。

「哦哦，不用不用。感謝的心意請獻給燈火之神大人。如果還是會感到在意，就請妳去跟托尼奧先生買些什麼東西吧。現在的我還在修行中而已。」

婦人聽到我這麼說便低頭道謝了好幾聲後，走向托尼奧先生陳列商品的攤位。

梅尼爾則是對我那句「還在修行中」的發言翻了個白眼。

呃，我並不是在客套謙虛，是真的還在修行中喔？

……如此這般，我們到處造訪村落，治療患者、唱歌表演、買賣商品，花了十幾天的時間一路北上。

我也搞不清楚究竟往北方走了多少公里。

畢竟森林中的小路彎彎曲曲，而且為了經過托尼奧先生知道的村落，我們偶爾也會繞相當遠的路。

雖然感覺上走了很多路，不過從走在地面上的人類角度來看，要把它換算成直線距離並不是一件容易的事情。

就這樣，我們一行人今天也走在昏暗的森林中。

走著走著，忽然……

「哇、哈～！」

從前方傳來極為開心的聲音。是碧。

我想說是發生了什麼事而快步趕過去，發現眼前的光線越來越亮……視野豁然開朗。

左右兩邊都沒有樹木，也一點都不昏暗。

抬頭一看，微微往西邊落下的太陽從天上灑下大量的光。

頭上是一片春天即將來臨前的晴朗天空。

把視線往下移，就能看到柔和彎曲的小路不斷延伸向地平線，兩旁都是一塊塊綿延的田地，描繪出美麗自然色彩的拼塊藝術。

……一陣風吹過田野，讓青綠色的麥穗隨之擺盪。

明明天氣也不冷，我卻忍不住起了雞皮疙瘩。

「來到《小麥街道（Wheat Road）》啦～！」

碧大聲歡呼跳舞，抓起托尼奧先生的手開始轉圈圈。

梅尼爾也感慨萬千地眺望著搖曳的麥穗。

我同樣因為眼前壯闊的平原地帶而一時無法言語——接著被碧抓起手，一起轉圈跳舞。我不禁笑了起來，和她一同嬉鬧。

不過我們因此玩鬧過久，讓太陽很快就下了山，卻沒能抵達近處的村落。

要是深夜造訪結果被誤認為是強盜也很蠢，而且我們也找到了一座小祠堂，便決定今晚在那裡宿營。

「哼哼～今天的我心情很好！就免費演唱一曲吧！」

碧拿出一把形狀像西洋梨的三弦樂器——聽說叫雷貝克琴的樣子——並用一副裝模作樣的動作把弓放到弦上。

「哦！真慷慨！」

「嘿嘿～！那要唱什麼好呢？以最近的武勳詩來講，《貫穿者》雷斯托夫大家都在唱，可是伯克利剛勇傳之類的又嫌太古老……」

碧「嗯～」地思考了一下後……

「對了！那個《上王殺手》的《三英傑》！就來唱《徬徨賢者》(Wandering Sage)與《戰鬼》(War Ogre)，還有《地母神的愛女》(Mater)的武勳詩吧。」

——我的心臟差點就停了。

「哦哦，不錯啊。」

「挺合適的曲目嘛。」

「這麼說來，我最近都沒演奏過呢～呃，威爾你怎麼啦？」

「呃、不，沒事沒事！我想聽！務必唱給我聽！」

「哦！好耶好耶，很捧場喔！那就開始吧！」

琴弦響起。

震盪空氣、使人不禁想起遠方故鄉的惆悵音色。

我的心臟也隨之撲通撲通地響著。

「時光流逝……不，流逝的應該是我們。」

碧平常充滿朝氣的聲音，現在帶著深度與哀愁，在黑夜中朗朗唱起。

「即便是剛強的勇者、鬼謀的賢者或聖女，隨著歲月度過所留下的，也只是些微的灰燼與名聲……」

弦音迴盪。

……流傳下來了。

「正因如此，更要高唱，更要彈奏。願武勳永垂不朽，願英傑名聞天下。」

伴隨演唱聲，我心中某種難以言喻的興奮也不斷高漲。

……流傳下來了。

「今晚要述說的是《飛龍討伐》。《三英傑》多不勝數的武勳之一……」

碧對我笑了一下。

「──還請各位細細聆聽。」

流傳下來了！那三個人的名字，有傳承下來啊……！

◆

在昏暗又滿是灰塵的小祠堂中。

伴隨營火燃燒發出的啪啪聲，雷貝克琴的弦律迴盪著。

結束一開始的開場白後，碧接著朗朗唱出即將登場的英傑們。

或許可以形容是如夢境般吧，我莫名有種全身飄飄然的感覺。

又驕傲，又開心，又懷念……

「那嬰孩生於南方。在邊境土地的蠻族聚落中呱呱墜地之時，自《獅子星(Leo)》降下明星。嬰孩漸漸茁壯健勇，背著流星鍛鍊的魔劍遊旅四方。

《雄獅子》《星劍》《傭兵劍客》《戰鬥天才》……《戰鬼(War Ogre)》布拉德所到之處皆血風吹掃，勝利的吶喊有如獅吼。」

我的心雀躍不已。畢竟布拉德那個人總是不告訴我關於他自己的來歷。原來如此。原來他有過那樣的經歷，而那把劍是那樣來的。

「中海的島嶼上，有個親近《話語》的幼童。當故鄉受賊徒群攻，幼童以濃霧迷惑驅趕之。其神童便受當代賢者招攬，進入學舍。賢者的學院中，神童位階迅速竄升，卻以一句『學林之中無真理』便捨棄一切。

《荒野旅人》《無冠賢人》《流水》《風狂風雅》……《徬徨賢者(Wandering Sage)》古斯的真名無人知曉。更遑論其深邃內心，又有誰明瞭。」

原來大家不知道「奧古斯塔斯」這個名字嗎？這麼說來古斯好像有講過，使用《話語》的魔法師中，有些人認為名字本身同樣是帶有力量的《話語》，因此會隱瞞自己的姓名，使用暱稱或字首縮寫自稱。

那麼他和我在一起時會那麼輕易就講出自己的本名，大概是想說反正自己已經死了，不需要太在意那方面的事情吧。

「不知生於何處何國，有說是此國的巫女公主，亦說是彼國的貴族千金。新綠的精華匯集而成翠玉的眼眸，天上的光輝凝聚而成長長的秀髮。尊貴優雅的姿容，說是女神的神魂寄宿其中也無從懷疑。

《南方聖女》《清廉救民的少女》《恩惠散播人》《小小的鮮花》……《地母神的愛女》瑪利。即便猛獸也低頭的潔白慈愛之手，同時也是劃破黑暗的一道閃光。」

……看來瑪利被人認為是個來歷不明、大概出身高貴的人物。她散發出的氣質的確會讓人聯想到出自高貴世家，不過假如瑪利說「沒有呀，我出生在貧寒鄉村喔？」感覺也同樣有說服力。

畢竟她很喜歡園藝，種些花花草草的。

在那座神殿旁也是，每到春天就會開滿鮮花……

「——歲月飛逝，如今那些都已是遙遠的過去。」

那三人的聲音、表情、話語浮現我的腦海，讓我的眼眶不禁滲出淚水。

「噢噢，那些無法再回去的眾多思念呦。只願高唱的歌聲能隨著風，傳播遠方——」

武勳詩就此開始。

◆

布拉德似乎原本是個獨自流浪的傭兵劍客。

《大聯邦時代（Union age）》雖然是個大致上都很和平的年代，但各地的邊境還是會有大大小小各種戰事。

有妖魔，有魔獸，甚至是人類之間的爭鬥。而布拉德就是在那個時代到處投身於戰事中賺取每日的生活費，為剎那的戰鬥燃燒生命的魯莽漢之一。

這麼說來，印象中布拉德以前有教過我向人賣武助陣又不會留下後患的訣竅，而且講得一副很有感觸的樣子。原來是因為這段過去啊。

……有一天，布拉德在某個事件中認識了古斯，於是兩人便合作一同解決問題。蠻人劍客在這過程中明白賢者之路，學會了如何控制自己的獸性，使劍術變得更加成熟。

雖然詩歌裡是這麼描述，不過如果當時那兩人的個性就是我所認識的樣子，我反而可以想像得出古斯腦袋聰明卻喜歡亂來，然後意外地很有常識的布拉德即使無奈也還是會跟在後面行動的情景。

那樣兩個男人共同自在旅行一段時間後，有一天瑪利也加入了他們的行列。不過那究竟是在什麼地方、因為什麼樣的事件，卻似乎是個不解之謎。

不過瑪利教人意外的行動力以及堅強個性，讓她在隊伍中確立了自己的地位——嗯，這方面我也可以想像出來——於是在能力與個性上都相輔相成的這三個人漸漸聲名遠播，成為了邊境的英雄。

這樣一段背景說明結束後……碧開始唱起這首詩歌的主題，也就是關於那三人流傳下來的眾多武勳之一。

——場景位於某處邊境的幾座村落。

在那些村落附近的山中，據說棲息著一頭怪物。

飛龍(Wyvern)——前臂為一對翅膀，能夠在天空飛翔的亞龍。

我記得古斯在課堂上說過，學術界曾經議論究竟要將牠歸類在亞龍種還是魔獸種。

因為飛龍並沒有像龍一樣的前腳。雖然能夠像龍那樣吐出龍息(breath)，但軀體比龍小，力量比龍弱，也比龍愚鈍。

即便如此，飛龍(Wyvern)對人類來說依然是十足的威脅。若要討伐飛龍(Wyvern)，必須派出受過訓練且規模達到某種程度的部隊。而且這是指進攻巢穴的狀況。如果是在平地，面對在空中的飛龍(Wyvern)想要獲勝是極為困難的一件事。

據說在鮮少的狀況下，有些飛龍（Wyvern）個體會說龍語，成為龍的手下，受到《蜥蜴人（Lizard Man）》崇拜。

……不過這次棲息在山中的是智力低弱、不會講話，如野獸般的飛龍（Wyvern）。

那飛龍（Wyvern）偶爾肚子餓了就會襲擊村落、破壞畜舍並擄走牛馬。

於是村落間經過討論商量……決定每年獻上一次活祭品。

……在邊境地帶，有時候家畜的價值比人命還高。

而這一年從其中一座村落被選出來的活祭品，是一名長相美麗的半精靈少女。

據說那少女是因為返祖現象，從一對人類夫妻之間生下來的。當然那位母親因此遭疑外遇，鬧得非常嚴重。而且隨著少女長大，其美貌又導致了更多問題。

交雜羨慕與嫉妒的鄙視，來自占有慾的愛慕。因為老是引起問題而漸漸使人敬而遠之……這樣的少女會被選為活祭品，可說是一種必然。

我以前有聽那三人說過，半精靈想要在人類或精靈社會中順利對等生活，是相當困難的事情。

長相美、能力高、壽命長，但卻又不到精靈族的程度。因此在社會中很自然會站到上位或被置於下位，要不然就是與社會保持距離，過著如隱居般的生活。正因為半精靈在人類之中太過優秀，在精靈之中太過早熟，所以都很難得到對等的立場。

……梅尼爾過去的經歷要講起來也是屬於這類問題。

而當時路經村落的那三人聽說這件事後，意見出現了分歧。

在詩歌中，瑪利主張拯救少女，布拉德質疑就算拯救了又要幫她到什麼程度、錢該怎麼辦，古斯則始終保持沉默。

我想當時那三人實際上的對話內容，應該是和這描述有點類似又不太一樣吧。

總覺得在詩歌中，那三人——尤其是古斯和布拉德——的個性設定與現實之間存在有某種程度的差異……主要像守財奴屬性之類的部分。

不管怎麼說，總之到最後，布拉德決定召集村民們直接詢問。

我們能夠殺掉那隻飛龍，有沒有人願意出錢？

大家想不想付錢聘我們去殺了飛龍？

被他如此一問，村民們些微騷動起來……又很快陷入沉默。

村子間照現狀還算過得去。

但萬一討伐行動失敗，反而刺激到飛龍的話該怎麼辦？

或者就算真的成功，要付給實力足以殺死飛龍的冒險者所需的報酬，肯定也相當高。

有必要為了救這個活祭品……做到這種程度嗎？

布拉德對村民們的沉默不禁咂了一下舌頭，回到寄宿的旅社。

現實果然就是如此啊，瑪利。布拉德如此說道。

——然而到了當天晚上，有個人物前來拜訪那三人。是一名貧窮的農奴少年。不懂什麼禮儀規矩的他，粗魯冷漠地向那三人遞出幾枚硬幣。

——表面有青綠色銅鏽的銅幣，以及邊緣不完整又發黑的銀幣。即使沒有說出口，但那很明顯就是這位貧窮少年所有的財產了。

光這點錢就想叫人去跟飛龍打嗎？布拉德如此抱怨。

這時，古斯從一旁抓起硬幣，仔細觀察——

「哦，這是好錢啊……閃閃發亮的好耀眼。」

古斯瞧著根本沒有一丁點光澤的硬幣這麼說道，並咧嘴一笑。

……我想那肯定是他真的有講過的臺詞吧。

畢竟我可以很清晰地想像出那樣的情景。

「喏，瑪利，妳也這麼覺得吧。」

「是呀，一點都沒錯。真是收到非常寶貴的東西呢，古斯。」

「唔，既然收下了這麼上等的東西。」

「不好好幹活不行呢。」

瑪利笑了。

笑容溫和柔軟。

布拉德只能用力抓抓自己的頭。

可惡，你們這些天真的傢伙。簡直是虧本生意啊。他如此嘀咕著。

就在這時，少年對布拉德挑戰似地說道：

如果不夠，就用我來支付吧。你剛才也看到了，就算我被你們擄走，村子裡也沒人有那個膽子追上來。所以看是要把我賣給奴隸商人還是誰，都隨便你們。

你以為這樣就夠了嗎？布拉德頓時露出嚴厲的眼神，然而少年始終沒有別開視線。

……布拉德不禁笑了。

「搞什麼，你這傢伙頗有膽識的嘛。雖然身材小不拉嘰的，內在倒是個戰士啊。」

我也是個戰士。既然是戰士，遇到別的戰士忍耐羞恥心前來求助，就應該出手幫忙才符合道義。

所以說，這也是沒辦法的事情啊。布拉德說著搔搔少年的頭，揚起嘴角。

「幹活吧。」

「好的。」

「唔。」

就這樣，那三人決定挑戰飛龍（Wyvern）了。

◆

飛龍（Wyvern）翱翔在天。

乘著風，傲然飛在空中。

腦中想著，差不多該是有食物被放置在山腳下平原的日子了。

飛龍（Wyvern）即使愚鈍，也至少還有足夠的智力計算經過的時日。

在平原有一座粗糙的祭壇。

飛龍（Wyvern）準備降落並享用祭壇上戴著面紗垂著頭的活祭品。但就在那瞬間……

一面發光的牆壁忽然將飛龍（Wyvern）彈開。

從活祭品的面紗底下露出茂密的金色秀髮。

是瑪利。

緊接著，躲在祭壇中的古斯施展出《綑綁的話語》。

飛龍（Wyvern）面對這異常狀況雖然想立刻脫逃，卻連抵抗都來不及就一瞬間被魔法綁住翅膀，往地面落下。

雖然伴隨轟響墜落在地上，不過飛龍（Wyvern）的身體非常堅韌。

就在牠為了反擊突然出現的敵人而吸氣準備吐出龍息（breath）的時候，布拉德已經舉起

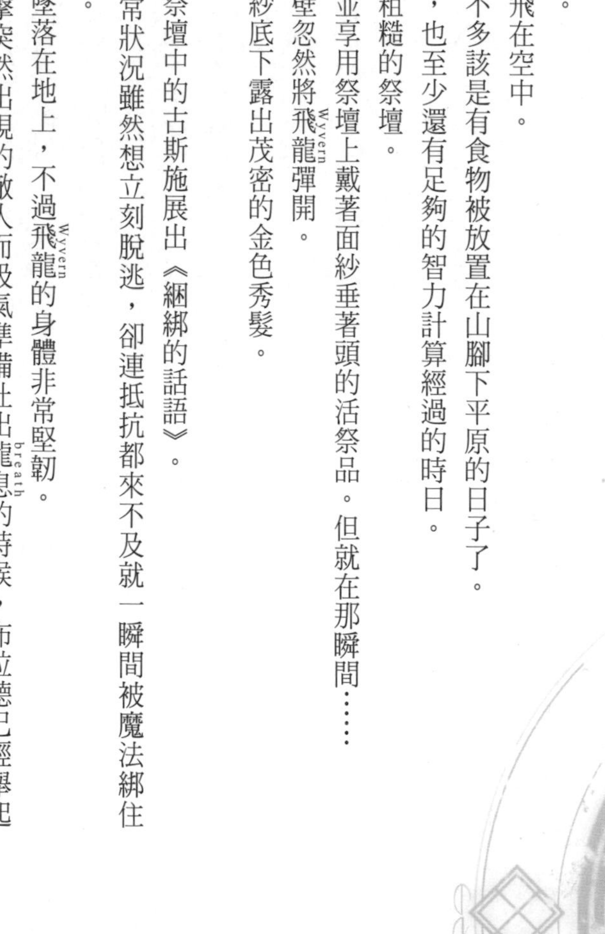

雙手劍，吶喊衝向牠。

飛龍(Wyvern)口中吐出烈焰的龍息(breath)。

然而在後方禱告的瑪利透過祝禱術保護布拉德，將龍息(breath)全部驅散。

古斯用手指連續書寫《綑綁的話語》阻止對方飛翔。無法飛到空中的飛龍(Wyvern)只能用尖牙攻擊對手……雙方僅僅一次交錯，布拉德的雙手劍便砍下了飛龍(Wyvern)的首級。

飛龍(Wyvern)的腦袋不知是否明白，那瞬間究竟發生了什麼事？

光是三個人。那三個渺小的『食物』竟殺掉了自己。

雖然牠的意識也很快就轉為一片黑暗就是了。

噴出的鮮血濺染大地。

……隔天，前來祭壇確認的村民們所看到的，是腦袋被砍下，能夠換錢的部位也被剝走的飛龍(Wyvern)屍骸。

事後，那三人便帶著貧窮的少年與半精靈少女啟程前往城鎮。

那對少年少女已經無法繼續在村子生活了。

今後怎麼打算？布拉德如此詢問。

總會有辦法的。少年這麼回答。

那就把這個拿去吧。布拉德說著，遞出一把短劍。

是一把刻有《話語》的魔法短劍。

「這上面有古斯老頭刻的《話語》，絕對會比那些半吊子的護身符還要有用得多……而且既然是戰士，就好歹要帶把短劍啊。」

「另外，這個也請拿去吧……請兩位要保重身體，互相照顧。或許今後的日子將會很辛苦，但還是希望你們能夠堅強。」

瑪利將一個袋子交給少女。

袋中裝有閃閃發亮的銀幣與銅幣。

少年與少女都趕緊表示拒絕。

這樣不是比我付的酬勞還多嗎？

我們不能收下這些東西。

然而古斯卻對那兩人聳聳肩膀。

「哼，誰說要送給你們了？這是投資，只是借貸給你們而已。」

借貸？兩人不禁疑惑歪頭。

「聽好。你們兩個要努力活下去，努力生財，發揚名聲。要讓人們讚頌你們，讓你們的名字傳遍天下。等到你們的名聲響亮到足以傳入老夫耳中，老夫屆時就會親自或派人去找你們，把這些連本帶利討回來。」

為此，就讓老夫把自己真正的名字告訴你們吧。古斯這麼說道。

這就是咱們之間的暗號了，你們可要牢牢記住。

就這樣，少年與少女——知道了世間無人知曉的《徬徨賢者(Wandering Sage)》的真名。

少年與少女攜手前往城鎮。

三位英傑則是出發尋找下一段新的冒險。

如此這般，在藍天底下，三英傑《飛龍討伐》的武勳詩落幕了——

「——然後這段故事其實還有後續喔？」

碧說著，露出頑皮的笑臉。

「《法泰爾王國》的達格伯爵……正確的家名是叫《魔法師的短劍(Wizards dagger)》。」

噹啷啷。弦音帶著餘韻響起。

「在伯爵的宅邸中，至今仍有一位半精靈的老婆婆，在等待著賢者大人的使者來訪。」

那是……

「……據她說，雖然賢者大人已經與世長辭，但或許有一天，知道賢者大人真正名字的使者會到訪也說不定。」

那三個人的名字……

「到時候，她就要把短劍、借來的金錢以及利息全部歸還。另外連同丈夫臨終託付給她的份一起——」

那三人的名字依然被傳頌著。

「——要好好向對方道謝，說那個時候真的非常感激。」

直到今天，依舊被人傳頌著。

「就是這樣一段故事。至今依然被傳誦的、偉大英雄們的故事……呃、咦？威爾，你在哭嗎？」

碧疑惑地探頭看向我的臉，讓我不禁慌張起來。

我滿臉通紅，眼眶盈滿淚水，隨時都要潰堤。

「我、我沒哭！我才沒哭！」

「咦～唉呦，別裝嘛～！你眼睛明明就那麼紅！哼哼～肯定是被我這個碧大人講的故事給感動到了吧！」

「才、才不是，不是那樣！」

「嘿嘿嘿，別害臊別害臊～！」

這天晚上，我們就像這樣鬥嘴嬉鬧著。

吵鬧的同時，我內心湧起一股溫暖的感覺。

……布拉德，瑪利，古斯。

在這世界上除了我以外，其實還有很多人記得你們的名字喔。很多、很多的人。

——這件事真的讓我開心到眼淚都要流出來了。

◆

隔天。天都還沒有亮，我就在祠堂外把短槍刺出再收回、刺出再收回。

一方面是因為從深夜時就輪到我負責守夜，另一方面也是因為我心情上有點亢奮的緣故。

《法泰爾王國》這個名稱我有聽說過。

就是從北方的《草原大陸（Grass land）》向這個《南邊境大陸（South mark）》擴展領土的國家。

畢竟那位叫「達格伯爵」的人是貴族，而且《法泰爾王國》向《南邊境大陸（South mark）》的拓展行動似乎是近幾十年才開始的事情，因此故事中那位半精靈的老婆婆現在應該是在本國那邊吧。

……換言之，只要渡過海洋，就會有對象可以和我暢談關於布拉德、瑪利與古斯的事蹟。

雖然目前我還有諸多事情不能放下，但真希望有一天可以渡海去拜訪。

「呼……！」

然後，我也希望自己到時候能有資格自豪地說，我就是那三人的家人。

我如此想著，並伴隨腳步刺出短槍。

犀利，更犀利。

在戰鬥技術中所講的犀利，並非單純指速度而已。

是「靜止」與「動作」之間的迅速切換，也就是前世所謂「瞬間爆發力」。

靜止。爆發。靜止。爆發。

犀利，更犀利。更加更加犀利——

「……嗨，守夜辛苦了。還真是幹勁十足啊。」

一旁傳來的聲音讓我的專注力頓時消散。

我究竟練習刺槍了多少下？

從有點急促的呼吸判斷，應該不下百次才對。

「托尼奧先生。」

從老舊祠堂中走出來的，是那位下巴留有鬍鬚、笑容溫和的男性。

正當我準備把槍收起來的時候……

「呃不，我並沒有要打擾你的意思。請繼續吧。」

「啊，不好意思……」

話雖如此，但我剛才在不自覺間已經太過專注在練習刺槍上了。畢竟今天還有一段路程要走，沒必要現在就把體力壓榨到極限。

於是我決定只稍微練一下架勢與動作，當作是收身操了。

托尼奧先生則是坐到近處一株被砍斷的樹根上，眺望著我。

「……威爾先生，你真的很強呢。」

「是嗎？」

「呃，雖然被冒牌冒險者騙走訂金的我講這話也有點奇怪啦……」

托尼奧先生說著，露出苦笑。

我聽著他說話，同時用緩慢的動作擺出招式動作。

橫掃，壓低重心，往上突刺……

「不過我至少也能感受得到，你的動作相當洗練。更重要的是，我身為一名商人的眼光看得出來……」

「什麼？」

「那把推測應該是矮人族製造的名品短槍，你用起來非常得心應手。能夠配得上名品的人物，自然也是名品。」

托尼奧先生這麼說著，又聳聳肩膀。

「——然而，有件事情我還是不明白。」

「不明白、嗎？」

「是的。」

霎時，我發現托尼奧先生柔和的視線中，潛藏著彷彿在用心鑑識商品般的銳利感。

「……請問你所期望的東西究竟是什麼？」

◆

被托尼奧先生如此詢問的我不禁停下動作，疑惑歪頭。

「期望什麼……呃，就是燈火之神大人的……」

「那是你身為一名神官的期望。雖然說，或許對於真正德行高超的神官來說，那樣的期望本身就是生命的目標了。不過……」

你個人難道沒有什麼期望嗎？托尼奧先生如此說道。

「……為什麼要問那種事情呢？」

「因為我是個商人。」

托尼奧先生笑了。

「將彼處多餘的東西帶到此處販賣，將此處多餘的東西帶到彼處販賣。這就是商人。運送貨品，實現人們的期望，以相應價值的酬勞為回報，給予客人滿足。這就是商道。」

他雖然語氣輕鬆，聲音卻很認真。

我頓時明白，這就是眼前這個人物秉持的信念。

「然而……」

我卻怎麼也無法想像如何讓你滿足的情景。托尼奧先生如此說道。

「你是個很不可思議的人物。實力高強又有膽識，從你能夠治療各種難癒傷勢或疾病也能知道，你相當受到神明庇祐。舉手投足間可以感受到良好的禮法與學識，在金錢上也很充裕。

但與此同時，你聽完有名的武勳詩後又會感動落淚，擁有不異於世俗常人的感受性。我至今從沒遇過像你這樣的人物——要說是貴族又好像有點不同。」

簡直就像故事中登場的聖騎士一樣。

托尼奧先生說著，瞇起眼睛。

「因此我想說機會難得，為了當作今後的參考，就決定直接來詢問你了。究竟你個人抱有什麼樣的期望？還是說，你自始至終都徹底是個神明的代理人呢？」

聽到他這麼一說，我不禁也思考起來。

仔細想想，我到底對外面——對這個世界抱有什麼期望呢？

不，說到底……

「托尼奧先生，呃，其實我……過去是和養育之親、師父、同時也像是家族的人們在一處小而幸福的場所生活的。但就在我即將獨立的時候，那些人突然與世長辭，讓我不得不離開了那個地方。

——相對地，我在那同時獲得了燈火之神的庇佑。」

不死神的那件事，其實還僅僅是幾十天前的事情。

「我還完全不了解這個世界，什麼都不知道……而我想就是因為這樣，讓我只會遵從神明給予的使命，忘我地投入其中吧。」

在一個什麼都不懂的場所，自然也就不知道該期望什麼才好。

因此我認為自己現在首先必須要多理解這個世界。

理解布拉德、瑪利與古斯守護下來的這個世界。

「所以我首先想要多理解這個世界。在理解並參與其中的過程中，想必我真正的期望就會萌生了。」

就在這時，我腦中忽然浮現一個畫面。

那三人互相談笑的身影。那三人的冒險事蹟。

我想像著那樣的情景，有點害臊地接著說道：

「……另外，就是朋友吧。我希望能結交到自己的夥伴。」

這是我上輩子沒能得到的東西。

就好像對布拉德而言的瑪利與古斯那樣的夥伴。

是身為養育之親也是師父的那三個人，無法給予我的存在。是我必須在這個世界，靠自己的力量獲得的東西。

「梅尼爾先生不是你的朋友嗎？」

「呃不、該怎麼說……」

聽到托尼奧先生的問題，我不禁苦笑。

「雖然我覺得我們感情算是不錯，但他怎麼也不願認同我們是朋友啊——至於其他人，大家總是稱呼我『神官先生』、『神官大人』的，感覺都把我擺在高高在上的地位……」

明明這麼不諳世事的我卻被人高高捧起，實在讓我很不習慣，也有點不自在。

如果梅尼爾願意說我們是朋友，我想我應該會開心不已吧。

「嗯，我真想要朋友啊……」

說出口之後，讓我感受得更加深切了。

到頭來，我也只是這樣一個人。都已經虛歲十五了卻一個朋友都沒有，所以就脫口說出「想交朋友」這種話。

……連我自己都覺得好笑，忍不住笑了起來。

人終究不是那麼容易能改變的啊。

「原來如此。」

托尼奧先生聽完我的回答，莫名愉快地笑了。

「那麼，我就自薦為第三位候補吧。」

「欸？」

「畢竟要是我偷跑，肯定會被梅尼爾先生和羅碧娜罵的。那樣很恐怖。」

就在我不禁「？」地歪頭的時候，托尼奧先生「哈哈哈」地笑著站起身子。

不知不覺間，太陽已經升起。

「好啦，來去打水，準備今天的早餐吧。」

◆

托尼奧先生很會做料理。

今天的早餐是把小麥粉加水搓揉後包在樹枝上，用營火烤出來的棒烤麵包。

雖然很簡單，不過只要配上稍微烤出油脂的培根、起司再撒點鹽巴，就熱呼呼的非常好吃。

據碧說，她就是看上托尼奧先生的好手藝而決定跟他一起旅行的。

這理由的確很符合半身人愛吃的特性。

雖然我也學過料理，但因為在那個死者之街能利用的食材種類非常少，所以我會做的東西自然很少。

至於梅尼爾則是一反他細緻的外貌，會做的都是只要能吃就好的男人料理。因此托尼奧先生的存在，可說是讓我們的飲食生活相當充實。

而我每天早上透過禱告獲得的聖餅，就當是在路上填肚子用的餐食了。

這個世界的用餐習慣是一天兩到三餐——尤其是從事體力工作的人會有吃午餐的習慣——而我們現在是在旅途中，走一整天的路當然能量消耗就很多。雖然希望盡量可以吃午餐，卻又不想要因此停下腳步。

那麼自然就只有早晚兩餐會特地焚火做菜，所以把聖餅留到午餐吃應該會比較合理吧？當初聽托尼奧先生這麼說明，讓我感到很有道理。

「你問我　何時歸來

誰知道　何時歸來」

碧很喜歡在路上唱歌。

「細雨直下　池水濺漣漪

兩人沉默　只聞雨滴聲」

但她並不會特別挑選曲目。

「總有一天　啊啊總有一天

讓我們兩人相依　笑談今日雨景」

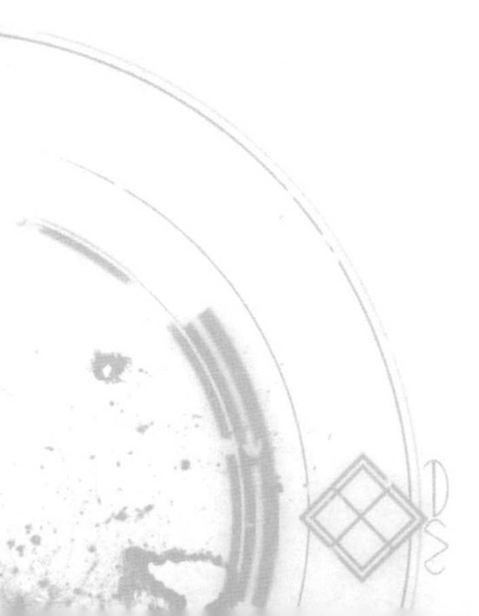

我本來還以為她這次唱的是教人難受的悲戀歌曲，沒想到在最後卻留下一絲希望，真的很高招。

「呵呵，這首歌很棒吧。」

「最後一段讓人有種烏雲縫隙間灑下陽光的感覺呢。」

「沒錯沒錯！」

就是這個感覺很棒呀。碧一臉陶醉地如此說道。

她真的很喜歡唱歌。

就這樣，我們在談笑間穿過了好幾座村落。

越是往北方走，經過的村子就越熱鬧。

有時候甚至會路過規模堪稱城鎮——居民大概有千人以上——的場所。

托尼奧先生總會在那樣的地方迅速完成採買與販賣，順便蒐集情報後，繼續旅程。

行動簡潔流暢，可見他果然是很有一手的商人。

「話說現在的《白帆之都(White Sails)》變成什麼樣子了？」

梅尼爾不經意如此詢問。

這麼說來，他也是窩在邊境村落好一段歲月了，應該很久沒去港都吧。

「現在的《法泰爾王國》換了新的一代。」

「換了新的一代，也就是說埃格伯德二世已經……？」

「是呀。聽說追謚為『果敢王』的樣子。算是個表現不差的國王呢……」

「——這樣啊。過世了啊。」

如此呢喃並閉上眼睛的梅尼爾，看起來莫名符合長壽半精靈給人的感覺。

根據托尼奧先生與碧的說明，《法泰爾王國》原本的國王似乎最近駕崩，換了新一任的國王。

一路來讓國家變得富強，並展現出開拓南方熱情的『果敢王』埃格伯德二世與世長辭後，由嫡子歐文王子繼承了王位。

從他們的描述聽起來，前任國王埃格伯德二世是個相當優秀的人物，但同時在個性上也非常獨斷獨行。雖然靠強硬手段讓國家富饒起來是很好，但因為國王與其親信貴族在各種事情上動用權力的緣故，使得地方諸侯的權益漸漸被剝削，醞釀了不滿。

然而畢竟國家確實因此獲得成功，讓諸侯們表面上都無法指責抱怨。但就在這時，埃格伯德二世因為愛喝酒的習性導致腦中風而突然過世……即便是獲得神明再怎麼深厚庇祐的神官，面對像這類突如其來的死亡似乎也無能為力的樣子。

隨後繼承了王位的歐文國王正值壯年，據說是個表現不怎麼突出的人物。雖然不到放蕩不羈或缺乏常識的程度，但也沒有父王那樣優秀卓越。

如果拿前世的學校成績來比喻，大概就像是五段評分成績單上包括上課態度在內都是三或四分，卻沒有一項成績為五的感覺吧。

而且個性上也優柔寡斷，讓那些長年來被先王壓抑的各個諸侯都趁這個機會大肆發表起自己的主張。

拓展南方果然不是什麼好政策。不對，那很好，應該繼續。但預算該怎麼辦，對防衛線的戰力分配又該如何。這個應該這樣，那個應該那樣。等等。

「……那樣不是很糟嗎？」

「是啊。聽說在本國方面，政局似乎有點陷入混亂的樣子。不過幸好目前對《南邊境大陸(South mark)》還沒有什麼很大的影響……因為派遣過來的王弟殿下是個相當卓越的人物。」

王弟埃賽爾巴德・雷克斯・法泰爾。

年為三十多歲，正值少壯。先王與第二夫人所生的孩子，和歐文國王為同父異母兄弟。不過據說這位王弟倒是很像先王，是個文武雙全的優秀人物。

擔心政局混亂的歐文王唯獨在這件事情上表現果斷，將王弟降為臣籍。

復興已經斷絕血脈的索斯馬克(Southmark)公爵家，讓王弟以埃賽爾巴德・雷克斯・索斯馬克公爵之名受封爵位。換言之，就是將他任命為《南邊境大陸(South mark)》開拓總負責人的意思。

埃賽爾公爵在受封爵位後便立刻組織起文武家臣團，完成各方交涉準備後，渡海南下。在本國方面持續混亂之中——

「《白帆之都》附近一帶的各種政務能夠順利運行，都要多虧埃塞爾殿下統治有方啊。」

看來這國家的狀況相當棘手的樣子。

我們就這樣東聊西扯地走在田野路上。

兩旁的麥穗隨風擺盪，暮冬的冷風中感覺隱約帶有春天的氣息。

越過一座山丘後，海水的氣味便微微竄入鼻腔。

——眼前可以看到遼闊的水平線。

是海灣。陸地宛如擁抱大海般，向左右兩側延伸。

蔚藍的海上有許多張著白色帆布的船隻來來往往。

而在比較靠近我們的陸地內凹處，可以看到一座巨大的城市。

色彩鮮豔的紅色或褐色瓦片屋頂，沿著海邊的斜坡搭建的白色房屋。

聳立突出的尖塔與鐘樓。圍繞在城市邊緣的美麗連續拱門狀建築，大概是高架渠吧。

是都市，都市啊。

居民應該有好幾千——甚至可能將近一萬人的都市。

人口興盛的街道。

熱鬧的生活情景。

即便還在遠處，也能清楚感受到這些東西。

——都市。人類生活的集合體。

是布拉德、瑪利與古斯拚上性命，守護下來的象徵之一。

海面上一閃一閃地反射陽光。

我不禁忘神地注視著那座閃耀熱鬧的都市，直到被梅尼爾和碧喊了一聲。

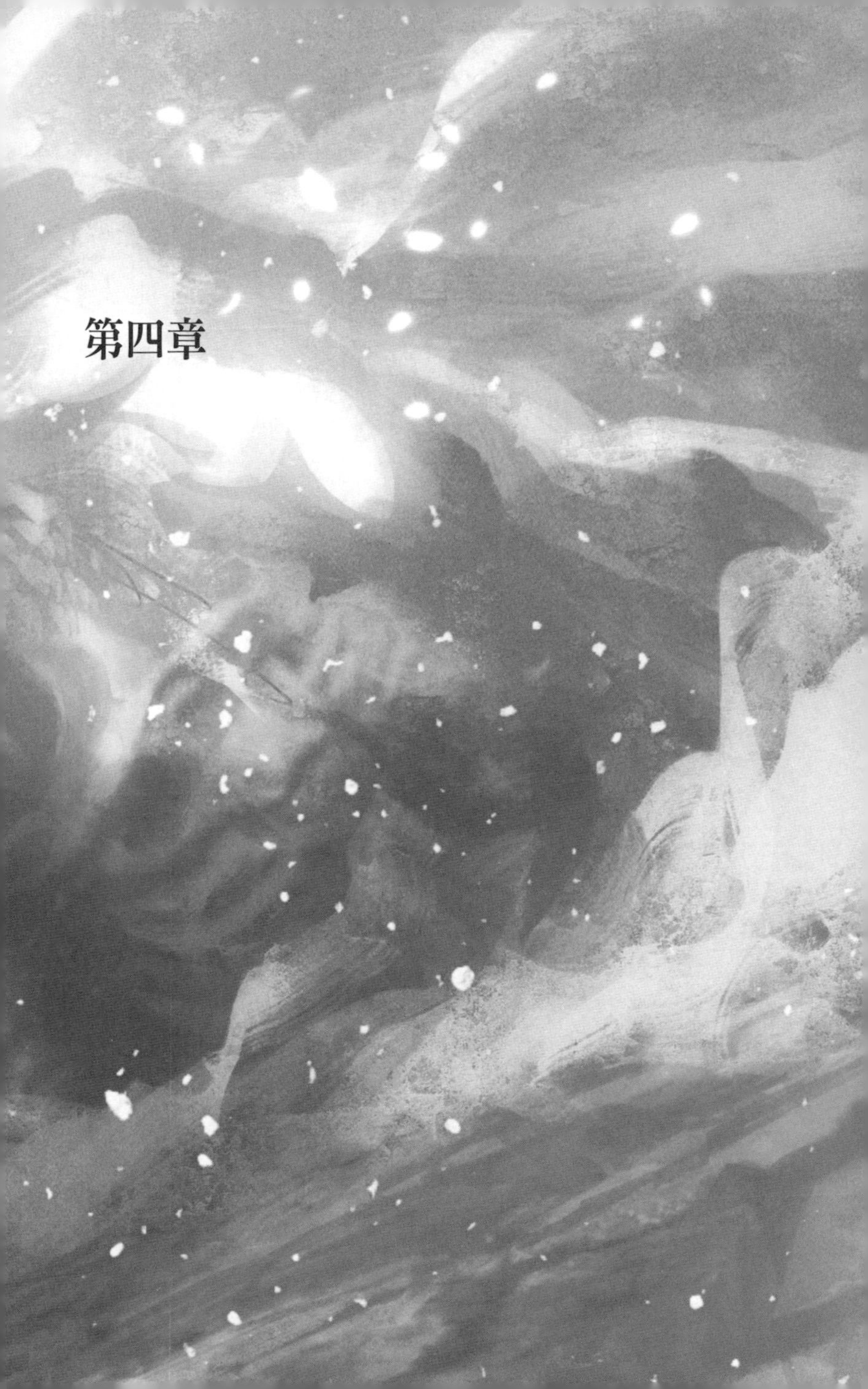

第四章

《白帆之都（White Sails）》是一座富饒的城市。

街上來來往往的人們身上都穿著染成五顏六色的服裝，髮型和配飾也感覺得出某種傾向……換句話說，這裡存在「流行」的概念！人民在生活中有追求「時尚」的餘裕！

光是這點，對我來說就是巨大的衝擊了。

話說，我們進入城市的時候都沒受到類似盤查的行為，也沒有被徵收像是通關稅之類的東西，這點也很厲害。

我本來根據中古世紀都市的印象擅自覺得應該會有這類手續，還以為需要等待一段時間的，沒想到居然這麼輕鬆就入城了。

「這是治理這座都市的埃賽爾殿下的方針。」

托尼奧先生對我如此解說。

這座都市會經由海線從北方送入相當大量的物資，再從這裡透過陸路或水路像血管一樣將物資運送到《南邊境大陸（South mark）》各地。畢竟運輸量多到驚人的程度，如果全部都在關口處攔下來將會變得非常麻煩，甚至反而會成為走私偷渡的溫床。

因此這裡主要是透過船隻的港口停泊費、市場的場地費、在市內經營店家的商會稅金等等方面徵收城市的運作經費，而盡可能不去妨礙到人員、物資和金錢的流動。

至少在這座《白帆之都》是採用這樣的方針。托尼奧先生這麼說道。

「是這樣啊……」

怎麼說呢？我對經濟方面的造詣並不算深，不過還是感受得到相當先進而開明的印象。

那位叫埃賽爾巴德公爵的人物看來確實如傳聞那樣卓越的樣子。我在心中如此想著，並環顧街上的情境。

「嗯……那是？」

在街道上可以看到一根根像柱子的東西，頂端部分接著傘狀的構造……

「不就是街燈嗎？」

「街燈！」

什麼！

「哎呀你不知道嗎？威爾好落伍呦～！賢者學院的實習生們每到傍晚就會到每一根刻有《光的話語》的柱子點亮光芒。對實習生來說，可以當成連結《記號》與瑪那的訓練；對城市居民們來說，夜晚明亮一點也很方便呢。」

「沒錯，這對實習魔法師們來說是一種訓練，同時也是賺點零用金的手段。另外——」

托尼奧先生說著，指向前方一座大型設施。

「那個也是實習魔法師們主要的收入來源之一。因為會大量使用到《熱的話語》或《清潔的話語》等等魔法。」

「——那是……」

「哼哼~就算是威爾至少也知道那是什麼吧？」

碧淘氣地轉著圈子對我如此說道。

「……沒錯，就是公共浴場（balnea）！」

浴場……？

「嗯？威爾，你怎麼啦？」

也就是說、錢湯嗎！浴池嗎！

「怎麼了嗎？」

「務必讓我去洗一次！」

我忍不住這麼大聲主張，讓其他三人頓時露出驚訝的表情。

◆

——從結論來說，久違的入浴真是非常棒的體驗。

老實講，畢竟是這種時代的公共浴場（balnea），我本來還擔心池水可能不乾淨、會傳染各種疾病之類的。但其實《清潔的話語》有確實發揮作用，讓水相當透徹潔淨。龐大的燃料問題，據說也靠《熱的話語》獲得解決。太棒了。容我再說一次，太棒了。

雖然這裡並不是像日本的浴池那樣，而是分成類似桑拿的熱浴以及冷水浴池，不過我還是覺得非常棒。

長途跋涉累積在全身肌肉的疲勞，都隨著熱氣漸漸溶解、消散。

啊啊，太幸福了……我不禁這麼覺得。

從公共浴場（balnea）出來後，我感覺全身就像剝了殼的水煮蛋般，晶瑩滑嫩。

暖呼呼的身體被風吹得好舒服——雖然在旅途中我也有透過《清潔的話語》保持身體衛生，但好好洗一次澡果然就是不一樣。

我們三個男人在浴場前的廣場悠閒等待了一段時間後……

「LA　LA　LA……♪」

碧也愉悅地哼著歌，領回寄放的行李並走出來。

「哎呀～好久沒洗澡了，真是舒服呀。」

「一點都沒錯。」

「……是很舒服啦，但我實在不喜歡那樣人很多的場所。」

梅尼爾因為美麗的外貌以及身為半精靈的稀奇性，總是會受人注視。

雖然平常只要套上兜帽就行，但進到浴場內就沒辦法那樣遮掩了。看到他現在也有點不開心地套著兜帽的樣子，我們決定快快轉移場地。

「我想想喔，那就找間大眾餐廳吃個飯……」

「然後呢？」

「去神殿一趟吧。畢竟威爾先生是神官，應該有必要去打聲招呼。」

「啊……」

這麼說也對。腦袋想東想西的讓我都忘了，和神殿組織建立關係也是一件重要的事情。我好歹算是個正式受神明庇祐的神官，如果能多少得到神殿方面的關照就好了……

我這麼想著，並跟隨其他三人來到大街上的一間大眾餐廳享用午餐。

讓我驚訝的是，餐廳端出來的竟是米食料理。不過是類似前世的秈米，我想大概是陸稻品種吧。

把蝦子、貝類與白肉魚等等符合港都特色的海鮮類以及蔬菜，放到淺平底鍋中用油炒過，再放入米和水煮熟。是有點像西洋式蒸飯的料理。

不但魚肉湯汁豐富，鹹味也恰到好處，讓人忍不住一口接著一口。

而且搭配的稀釋葡萄酒也很美味。

是文明啊。該怎麼說呢，真的就是文明的味道。

「味道還不錯啊。」

「是沒錯啦……不過我覺得湯汁可以再多一點。」

托尼奧先生和碧如此交談著。

畢竟他們是以這座城市為據點到處巡迴的旅行商人與吟遊詩人，或許對這類料理已經吃慣了吧。

我和梅尼爾倒是連一句話也不多講，只顧著埋頭猛吃。

而且兩人都分別又多點了一碗。

……說真的，所謂「文明」實在是美妙到會讓人落淚啊！

◆

接著我們來到了《白帆之都(White Sails)》的神殿，白色光滑的石造建築看起來非常莊嚴。

粗大的柱子，支柱成排的迴廊，細心修剪過的庭院，各種神像。

該怎麼說呢，各個部分看起來都很新，卻又帶有宛如美術品般的風格。

我讓小聲呢喃著「還真捨得花錢啊～」的梅尼爾、托尼奧先生和碧，暫時留在前庭等候，自己走入神殿深處。

在那邊找到一名神官，向對方表示希望可以跟這裡位階較高的人物問候一下。

然而……

「這、這樣啊……」

眼前這位身穿白色寬鬆長袍的年輕助祭先生，卻一副傷腦筋似地含糊回應我。

「您說、您得到了燈火之神葛雷斯菲爾的庇祐……？」

「是的，沒錯。」

嗯~真傷腦筋啊。年輕助祭先生如此說道。

「因為那是很少見的祭神，按照規定，要先使用《祭神看穿的禱告(detect faith)》……」

「我完全不會介意的。」

畢竟萬一是什麼惡神神官不計後果混入神殿，表示「希望能向這裡的高階神官大人問個好」也很糟糕。

並不是每個神官都有受過戰鬥訓練，因此基於保全上的理由，當有小眾神明的神官來訪時先確認對方是否為惡神神官偽裝，我也認為是必要的程序。但——

「只是……獲得的庇祐足以辨識他人信仰的神官們現在全部都不在……」

「全都不在？」

明明是規模這麼大的神殿？居然會有這種事？

「是的。因為近來在各地遭受大小魔獸襲擊的事件莫名有增加的傾向。」

「…………」

「副神殿長以下的各神官都變得相當忙碌。」

副神殿長以下。

……副？

「你們擋在迴廊正中間究竟在做什麼？」

低沉的聲音忽然傳來。

我轉過頭去——看到一套繡有金絲銀線的寬鬆神官服。

而穿著那套神官服的……是一名身材相當肥胖的中年男性。隔著神官服也看得出對方下垂的腹部。臉頰雖然圓胖，但表情看起來非常凶。

宛如香腸般的手指上戴有好幾枚金銀戒指。

「這、這是巴格利神殿長！」

助祭先生驚訝得背脊發抖、站直身子。

「我問你們在做什麼。」

肥胖男子——巴格利神殿長又再度如此詢問。

他看起來相當不悅。而助祭先生表現得極為動搖，感覺沒辦法好好回應對方的樣子。

因此雖然有點失禮，但我決定從旁插嘴。

「……初次見面，我叫威廉・G・瑪利布拉德。我獲得燈火之神葛雷斯菲爾大人的庇祐，希望向《白帆之都(White Sails)》的貴神殿問個好。」

我將右手放在左胸上，把左腳微微往後收，鞠躬致意。

這是瑪利教過我的禮法。

「唔……我是巴特・巴格利，負責管理這座神殿。」

巴格利神殿長隨便回應後，直直瞪向我。

「葛雷斯菲爾……燈火之神葛雷斯菲爾，那尊幾乎要消失的神明嗎？我也可以合理懷疑，你會不會是假冒其名而有所企圖的可疑分子……」

「您會懷疑也是合情合理的。是否讓我透過什麼祝禱術證明一下身分呢？」

哈！巴格利神殿長用鼻子笑了一下。

「年輕菜鳥就是動不動便想仰賴庇祐……聽好，神明賜予的庇祐可不是讓你隨便濫用，更不是拿來炫耀的東西。」

原來如此。我不禁心想，這麼說也有道理。

在魔法方面，古斯也說過類似的主張。

因為祝禱術的風險較低，讓我不自覺間有種隨意使用的傾向，不過神殿長這樣講也的確沒錯。

「您說得非常有道理。非常感謝您點醒了我的不成熟……」

神殿長這時像是感到不愉快地用鼻子「哼」了一聲。

「你說說看燈火之神的教誨是什麼。」

「光存在於黑暗中，話語存在於沉默中，而生則存在於死之中。」

神殿長又「哼」了一下鼻子。

「……喂，把他記錄到名冊上，然後帶他認識一下神殿內。」

「咦？可是《祭神看穿的禱告（detect faith）》和《虛偽看穿的禱告（detect lie）》都還沒有……」

「混蛋！你耳朵長到哪裡去了，這個蠢貨！」

神殿長大發雷霆，怒吼聲傳遍神殿中，引來周圍的注目。

「我等一下還必須到紡織公會舉辦的宴會上露個臉……接下來的事情就隨你便吧。別惹出什麼問題，還有記得繳些錢給神殿。」

巴格利神殿長對著我一句接一句如此交代完，便邁步走進神殿深處。

縮著脖子的助祭先生目送神殿長離開後，依然心有餘悸地和我交談起來。

居然讓您碰上巴格利神殿長，真是辛苦您了。不過您剛才的對應實在了不起。該怎麼說呢，現在的神殿長總是沉迷於宴會和享樂之中，嘴巴上講得似乎頭頭是道，卻連一次祝禱術都沒使用過。容易生氣又喜歡抱怨……相較起來，副神殿長就是個高尚傑出的人物。

我只能曖昧回應對方並完成登記後，和梅尼爾、碧與托尼奧先生會合，請助祭先生介紹了一下神殿內部，並分配到神殿中的一間客房。

客房雖然樸素，但至少床鋪並不是什麼乾草束，而是有鋪好床單的床鋪。

「我說，這裡的神殿長是不是……」

「嗯～我聽說的評價都不怎麼好呢，像是很庸俗之類的。」

「據說還會積極在都市內的各工商業公會之間保持自己的幕後影響力。」

碧與托尼奧先生紛紛對我如此說道。

原來是這樣的評價啊。

就在我配合剛才見面時感受到的印象思考起來的時候——屋外忽然變得莫名喧鬧。

「噹！噹！」的鐘聲不斷傳來。

「咦！」

「嗯……？」

「這不是報時鐘響。敲得這麼凌亂……火災嗎！」

「是緊急狀況的警報聲啊。」

神殿內也開始騷動起來。我們趕緊聚集到放在房間角落的裝備與行李邊。

從走廊傳來慌張的跑步聲，還有叫喊聲。

「是飛龍（Wyvern）！飛龍（Wyvern）出現了，大家快逃啊啊啊——！」

在牆壁與屋頂外面——有個黑影「轟！」一聲飛過。

下個瞬間，強烈的衝擊傳遍了整座神殿。

◆

「嗚～～！」

「痛、痛、痛啊啊啊……！」

「來人！快來人呀，有人被壓住了！」

「到底怎麼回事！」

「別推，別推！」

「孩子！有沒有人看到我的孩子！」

「神呀……！」

神殿內一片混亂。

我穿戴上裝備的同時奔到迴廊圍繞的中庭，將柱子或雕飾等等當成踏腳處跳躍兩、三次，來到屋頂上。

接著環顧四周，看到由好幾棟設施——除本殿以外還有居住設施或集會用大廳等等——所構成的神殿建築中，大廳的屋頂崩塌了。

大概是有人被壓在瓦礫下，讓神殿內陷入嚴重混亂之中。更不巧的是，高位神官們現在全都外出不在，使狀況看起來難以迅速收拾。

我忍不住皺起眉頭。

即便如此，我也沒辦法過去救援。

……只要視線一轉，就能看到一道灰色的影子在《白帆之都(White Sails)》上空盤旋。

長長的尾巴，巨大的翼膜，利刃般的尖刺排成一列的背部，粗壯到應該有成人雙臂環抱程度的脖子，嘴巴內隱隱約約可以看到紅色的火焰。

細長的身影在盤旋同時扭轉的模樣充滿力道與躍動感，讓看到的人無不感到顫慄。

——飛龍(Wyvern)。

牠的後腳踩到街上的一個尖塔，順勢擊碎。

石牆當場崩塌。飛龍(Wyvern)則是藉著踩踏尖塔的反作用力再度飛到上空盤旋。

雖然偶爾可以看到地面上似乎是士兵的人影朝天空發射弩箭，但飛龍(Wyvern)根本不以為意。

畢竟機動性相差太多了。

幾名拿弩的士兵追著飛龍（Wyvern）到處跑，卻始終無法追到射程範圍內。而且就算追到射程範圍內，弩箭也不可能射到在空中高速飛行的飛龍（Wyvern）。

從飛龍（Wyvern）口中噴出了火焰。

是烈焰的龍息（breath）。

被龍息（breath）波及的區域頓時發出連我站在這裡都能聽到的慘叫聲。

房屋一間間燃燒起來，四處逃竄的居民們在混亂中互相推擠、衝撞……同時，飛龍（Wyvern）又放出嘶吼聲俯衝而去。

屋瓦被風壓刨起，劈里啪啦地落到街道上。

也有房屋當場倒塌。

混亂加速，許多人倒在地上。想必也有人被踹倒、踐踏。

倒塌聲傳來。飛龍（Wyvern）又破壞了一棟建築。

我不明白究竟發生了什麼事。

為什麼會有飛龍（Wyvern）在這裡？

但可以確定的是，都市正遭到破壞。

文明……

那三個人守護下來的東西……

此時此刻也有人過著人類般生活的場所……

……一股血流瞬間衝上我的腦袋。

「《話語(verba)》、《飛去(volant)》——」

這是我平常不會使用的長文詠唱。

嘴巴詠唱的同時也靠手指書寫追加《話語》，延長射程。

「《雷電(tonitrus)》！」

霎時，有如用渾身之力敲響巨鐘，或者像是大砲發射般的巨聲響起。

一道閃電伴隨燒焦大氣的氣味，從神殿屋頂朝傲然盤旋在城市上空的飛龍(Wyvern)飛去。

……然而，沒有擊中！

距離太遠了。而且面對能夠朝上下、左右、前後方向立體性移動的飛龍(Wyvern)，線型攻擊的命中率太低了。

古代語魔法的射程本身也不算長。

畢竟《話語》就是《話語》，隨著距離越遠就會越衰減，影響力越小。

「……！」

我立刻準備發射第二發。《雷電的話語》是我能夠在某種程度上穩定施展的魔法之中、射程最長的《話語》。

我就連續發射到擊中目標為止。

正當我因為焦急與憤怒而失去冷靜，腦中如此思考的時候——

「白痴！你在做什麼！」

我的後腦勺忽然被人用力巴了一下。

於是我轉回頭，看到梅尼爾追上了我，爬到屋頂上。

「你是在衝動連射個什麼勁，小心自爆喪命啊！」

而且還用那種高等魔法！梅尼爾氣得如此大吼著。

「但是！」

「沒有但是！」

梅尼爾一把抓住我的衣領。

「對手可是飛龍(Wyvern)，我只是叫你有效率一點！用你那顆聰明的腦袋想想啊白痴！不要衝動亂來！」

被他翡翠色的雙眼直視著，責備著，我這才回過神來。

——真正重要的是如何巧妙地、精密地施展小魔法。

古斯的教誨湧上我腦海。

腦袋當場降溫下來。

……如果換成古斯，他絕對不會因為這種狀況就驚慌失措。要更有效率。更精準。施展必要的威力就好。

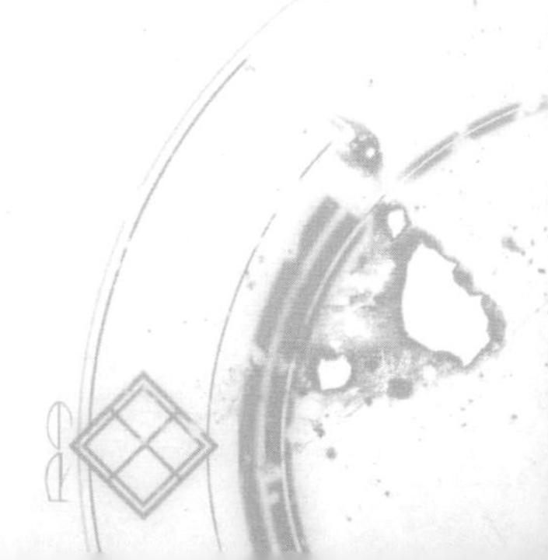

「……了解。」

「好。」

我開始思考。

想要靠目前手中的牌對付那隻飛龍（Wyvern），該怎麼做？

腦內迴路有無數的點子如火花般迸現，經過檢討，又消失。

「——好。」

我點點頭。

「梅尼爾，幫我個忙。我需要你和妖精的力量。」

「沒問題。」

梅尼爾點頭回應。

「另外，碧，托尼奧先生！」

我對站在中庭的那兩人大聲呼叫。

因為剛才那發《雷電的話語》，讓站在屋頂上的我們受到眾人注目。

「請你們和在場的大家協力，讓還在神殿前庭的人盡速避難！」

我用力揮手、大叫。

「我們要讓飛龍（Wyvern）墜落到那地方！」

◆

「那麼——『西爾芙，西爾芙，風之少女啊。妳的腳步是風的腳步，妳的歌聲是風的歌聲。』」

詠唱聲響遍四周。

妖精們聚集飛舞。

「『合唱吧，輪唱吧，喝采吧。乘著妳們的和聲，讓原始的《話語》傳遍十方——』」

梅尼爾詠唱著咒語。

從剛剛開始，視野中就能隱約看到小小的白色少女身影到處隨風飛舞。

是西爾芙，風之妖精。

我確認這點後，便開始詠唱《話語》。

「《話語(verba)》、《飛去(volant)》——」

和剛才一樣，是《雷電的話語》。

不過要再加上……

「《連結(conciliat)》、《追蹤(sequitur)》——」

以前古斯擊敗不死神的分身之一時，也使用過的追蹤用《話語》。

同時揮動手指，在半空中描繪出許多複雜的《話語》。像徽章。像魔法陣。裝飾性的《話語》在空中展開。

最後，我肅穆地張開雙臂，放聲說道——

「——《雷電的(tonitrus)》、《蜘蛛網(araneum)》！」

一瞬間，《話語》迴盪。

成群聚集的西爾芙們愉快地輪唱《話語》，擴散和聲，讓電光在空間中分裂成好幾道分支。

呈放射狀展開的電光之網雖然隨著距離而威力衰減，但還是如張開投出的漁網般捕捉到飛舞在遠處上空的飛龍(Wyvern)——

飛龍(Wyvern)當場發出了痛苦的叫聲。

飛行姿勢被打亂，全身不斷痙攣。

然而分裂成好幾道分支，而且隨距離衰減了威力的那一擊並沒能將牠擊落。

飛龍(Wyvern)很快又重整了姿勢。牠受到的傷害恐怕只有「相當痛」的程度而已吧。

不過那樣就夠了。

飛龍（Wyvern）確實在那瞬間把視線投過來了。看向給予牠痛擊的我們——然後在空中轉圈，朝我們飛來。

牠將我們視為敵人了。

古斯曾經說過，像這類的怪物大致上都很有攻擊性。面對野生動物通常會選擇逃跑的狀況，牠們卻會選擇攻擊。

「……要來了。」

剩下的問題只有一個。那就是我現在的實力有昔日那三人的幾成？

在飛龍（Wyvern）接近過來的這段時間內，我迅速為自己和梅尼爾施展各種強化身體能力的魔法與祝禱術。

梅尼爾也呼喚了幾種妖精，同樣為我和他自己進行強化。

這段過程中，原本只有像鳥一樣的影子越來越大、越來越接近。

神啊，我將準備為履行誓言而戰鬥。

為了討伐邪惡，為了拯救不幸。

——請保佑我吧！

「以葛雷斯菲爾的燈火立誓！」

我雙手握起短槍《朧月(Pale Moon)》，獻上祈禱。

神殿周圍霎時立起巨大的光牆。是《聖域(sanctuary)》的祝禱。

眾人發出騷動聲。

但我沒有理會，現在沒時間去在意那些事情。

飛龍(Wyvern)衝了過來。

撞上光牆，發出巨響。

祈禱。祈禱。

化為如金剛不壞。

永久地，永久地——拒邪惡於境外吧！

「……！」

——可是……

聲音傳來。產生裂縫的聲音。

「什……！」

梅尼爾，還有眾人嚇傻的聲音。

我也不禁一瞬間忘了祈禱，睜大雙眼。

那是、什麼？

與光牆搏鬥的飛龍(Wyvern)全身血管漸漸染黑，噴出瘴氣。黑色的瘴氣開始侵蝕淨域之壁，使之崩落……

腳爪一踹，踢破光牆。

如玻璃破碎般的聲響傳來。

全身布滿瘴氣的飛龍(Wyvern)俯衝下來的同時，我確實看到牠那對如爬蟲類般不帶感情的眼睛注視著我……

「！」

我在屋頂上翻滾，勉強躲過飛龍(Wyvern)後腳粗壯的腳爪。

屋瓦隨著風壓被刨起，讓我失去平衡——差點從屋頂上摔落下去。

「『西爾芙！美麗的風之少女！旋風的舞姬！』」

是梅尼爾的聲音。

他巧妙地保持著姿勢，還留在屋頂上。

朝著飛過頭頂，在空中迴旋後，拉出長長的瘴氣尾巴又再度衝來的飛龍(Wyvern)——

「『讓那妄想與妳們競舞的愚蠢舞者——』」

大聲詠唱。

「『嘗嘗地面痛苦的滋味吧！』」

剎那間，強風颳起。

是強烈的下沉氣流。

就算飛龍（Wyvern）的狀態再怎麼奇怪，只要被強烈的氣流直擊翅膀，在物理法則上牠也無從抵抗。

飛龍（Wyvern）的飛行姿勢被嚴重打亂——

「……威爾！」

「《綑綁（Ligatur）》、《繩結（nodus）》、《束縛（obligatio）》！」

我立刻施展《綑綁的話語》。

飛龍（Wyvern）的翅膀當場僵直，只能一邊掙扎一邊墜落。

衝擊。巨響。震動。

我確認牠掉落到前庭的噴水池附近……

同時也從屋頂上跳到地面，撲向飛龍（Wyvern）。

◆

我腦中浮現鎖鏈軋軋作響、鐵環出現裂痕的畫面。

飛龍（Wyvern）在抵抗《綑綁的話語》。如果時間拖太久，牠想必會掙脫束縛，再度飛上天空。

但我沒有讓牠得逞的打算。

碎裂的噴水池，高高噴起的水。

我架起短槍，朝墜落到神殿前庭的飛龍（Wyvern）衝過去。

目標很單純。

把槍刺進對手的心臟或喉頭。

就像布拉德昔日一刀解決對手一樣，我要瞄準要害一擊分出勝負。

飛龍（Wyvern）察覺到我接近，把頭轉過來了。

「《加速（acceleratio）》！」

我像子彈般衝去。

手握閃耀的《朧月（Pale Moon）》，瞄準對手心臟的位置。

周圍的風景飛也似地往後流動，飛龍（Wyvern）巨大的身軀一口氣接近過來——緊接著大聲咆哮。

牠也朝我衝來了。

雙方交錯，衝擊。

「——！」

我將短槍刺向對方不斷噴出瘴氣的胸口，接著為了不要讓手腕或手肘因為衝擊力道而受傷，迅速放開短槍並滾向一旁。

槍頭確實刺進去了。

歡呼聲傳來。

可是……

「騙人的吧……」

不知從何處傳來碧的聲音。

我頓時有種不好的預感，轉回頭一看。

結果飛龍(Wyvern)也緩緩把頭轉過來看向我。

可能是被橡膠般的外皮或強健的肌肉擋下。

或者單純只是我刺偏了。

——牠的心臟沒有被刺穿。

噴出的瘴氣變得更多。

飛龍(Wyvern)雙眼緊盯著我。

牠口中可以看到火紅的烈焰。

「快逃！牠要吐火了……！」

在我背後還有正在避難中的人民。

我絕不能讓火吐出來。

可是現在沒有時間，沒有適切的策略。

——怎麼辦？怎麼辦？該怎麼做才好？

霎時……

在我心中，布拉德笑了。大笑起來。

他「上吧，上吧。」地大笑著。

「《加速(acceleratio)》！」

我伴隨《話語》朝飛龍(Wyvern)衝過去。

以吐出龍息(breath)來說，這個距離太近了。飛龍(Wyvern)顧慮到波及自身的可能性，而只用嘴角洩出火焰的嘴巴朝我咬來。

我在千鈞一髮之際躲開後——張開雙臂抱住飛龍(Wyvern)粗壯的脖子。

想不到好的解決方法？搞不清楚對手的性質？

——那就靠肌肉！靠暴力！上吧！布拉德在我心中揮舞著拳頭如此大叫。

從飛龍(Wyvern)身體噴出來的瘴氣一點一滴地要汙染我的手臂，但我手臂上的燙傷痕跡——我的勳章噴出白色的火焰，阻擋了瘴氣。

「哦、哦……！」

飛龍(Wyvern)嘗試抵抗。

我抱著牠的脖子，試圖堵住氣管與血管。

同時張開雙腳，壓低下盤，站穩在地面上。

使出渾身的力氣，配合飛龍(Wyvern)抵抗的動作扭動身體。

——飛龍巨大的身軀頓時被甩到半空中。

接著摔落在前庭那座早已損壞而亂噴著水的噴水池上。

衝擊。震盪。

但我雙臂依然緊扣著牠的脖子，沒有鬆開。

「勒、勒頸摔……？」

不知是誰的聲音傳來。

沒錯，就是勒頸摔。既然是勒住對手的脖子摔出去，當然叫勒頸摔了。

我感到理所當然地如此想著，同時趴在倒地的飛龍背上繼續勒牠的脖子。

在我背後，飛龍的身體不斷用力掙扎、跳動、痙攣，拚命想要把我擺脫。

「哦、哦、哦、哦！」

我全身的肌肉都使出力氣。

用渾身的力量和飛龍比拚。

壓制對手的抵抗，甚至把牠按倒在地面上。

休想逃。我不會讓你逃走。

不會讓你的嘴巴繼續噴出火焰。

不會讓你的翅膀繼續飛到天上。

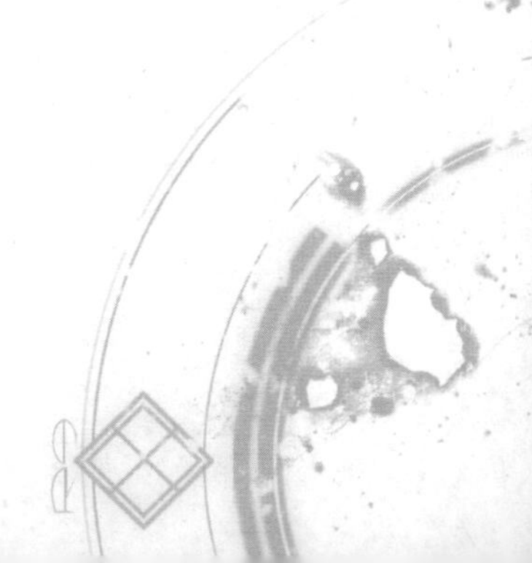

不會讓你的尖牙、你的利爪繼續傷害到任何人——！

我使勁勒住飛龍(Wyvern)的脖子，扭向不應該會扭過去的方向。

在觀眾們屏息注視中……啪嘰！

飛龍(Wyvern)的頸骨總算發出了不應該發出的聲響。

◆

被我手臂抱住的飛龍(Wyvern)脖子變得癱軟無力。

但我並沒有因此鬆懈，保險起見繼續掐了一段時間……這才注意到四周一片沉默。

原本就在神殿裡的人，到神殿來避難的人，大家都注視著我。

那些人的眼神中流露出複雜的感情——讓我頓時察覺：啊，這不太妙。

畢竟我可是在眾人眼前把一隻推測有兩噸重——印象中六公尺長的灣鱷大約是一噸重——的飛龍(Wyvern)脖子給扭斷。

因為牠剛才隨時可能吐出龍息(breath)，把我連同附近的居民們一併燒死，所以為了避免造成犧牲，我只能靠掐牠脖子的手段取勝。不過連我自己仔細想想，也覺得這行動太誇張了。

這下我該不會被大家恐懼……

「漂亮！太厲害了！」

啪啪啪。一旁忽然傳來拍手聲。

我不禁「咦？」地把視線望過去……發現是托尼奧先生。

「感謝神，派遣了像您這樣的英雄來到這裡！」

托尼奧先生一邊誇大地鼓掌喝采，一邊裝作不認識般向我走過來。然後用其他人看不到的角度偷偷對我微笑，俏皮地眨了一下眼睛。

接著將放開飛龍（Wyvern）起身的我雙手抓起，一副感激不盡地跟我握手。個性遲鈍的我這才察覺出托尼奧先生的意圖。

於是我「不用客氣」地笑著回握他的手。

「《飛龍殺手》！新一代的英雄誕生了——！」

碧大概也察覺到托尼奧先生的用意，便撥響琴弦如此大叫。

她的聲音響亮而清楚。

「為英雄獻上掌聲吧！」

彷彿是對率先鼓掌的她表示附和般，零零星星的拍手聲漸漸響起……然後越來越響亮，漸漸伴隨喝采。不知不覺間，我就被歡呼的人群團團圍住了。

謝謝您，謝謝您。大家不斷對我道謝，觸碰肢體，要求握手。

……其實剛才的場面相當危險。

如果只有我和梅尼爾，恐怕無法處理那局面吧。

現在會這樣，都要多虧這兩位善於社交和臨場應變的夥伴。真的很感謝他們。

「應該還有人被埋在瓦礫堆下或是受了傷！請在場的各位合作救援吧！」

等歡呼聲稍微告一段落後，我大聲如此呼籲。

而大家也「哦哦！」地呼應我，並開始搬除落在大廳的瓦礫，或是將傷患帶進來治療。

人群間醞釀出某種不可思議的連帶感。

「……非常謝謝你們。」

「請不用在意，我只是抱著投資的打算。」

「呵呵，等一下讓我寫成詩歌喔？」

我在吵雜中偷偷向托尼奧先生與碧道謝後，他們對我如此回應。

「話說回來，你這傢伙真的做什麼都行。」

「你很驚訝？」

「我對你那種超越常識的部分已經習慣啦。」

用槓桿原理搬走瓦礫的同時，我和梅尼爾也稍微交談了一下。

「我個人倒是深切體認到自己的不成熟啊。」

「啥？」

那隻飛龍全身的血管都被染成黑色，還噴出了看起來很恐怖的瘴氣。

雖然我不清楚那究竟是某種因素造成的突變，或是在哪座遺跡觸發陷阱而遭到詛咒，又或是什麼人對牠進行了什麼邪惡的處理……但總之讓人難免會推測飛龍之所以特地跑來襲擊都市，應該跟那個異常現象有所關聯。

當然也有可能完全沒有關係，只是飛龍基於某種本能做出了這項行為……然而就算飛龍的性情再怎麼凶暴，襲擊人類的大都市根本是一種自殺行為。

或許剛開始很有壓倒性，但那單純只是因為奇襲的優勢。等到正規士兵、魔法師或神官們陸續出面，想必飛龍就無從對付了。

而即便說這次我面對的，是這樣狀態異常、恐怕比普通飛龍更強的飛龍——剛才那場戰鬥也未免太難看了。要是沒有梅尼爾，我可能就在某個環節丟了性命。另外要是沒有托尼奧先生和碧，我在社會意義上死亡的可能性也難以否定。

現在的我腦中只覺得自己這裡太天真、那裡沒做好，不斷在進行反省會議。

「……喂，我是不知道你究竟對自己要求有多高啦。」

梅尼爾這時叫了我一聲。

於是我趕緊從思緒中回神，轉頭看向他。

「但你今天可是解決了一頭大獵物。你要反省是可以，但也稍微開心點吧。要不然我會不好意思表現得開心啊。」

「…………」

這麼說也對。

而且雖然該反省的地方很多，但至少我這下跟那三人一樣都是《飛龍殺手》了。

「嗯……」

這點確實讓我很高興。

「嗯……嗯！謝謝你，梅尼爾！這都要多虧有你！」

「沒錯，我們辦到了……另外不管怎麼想，大半功勞都在你身上啦，笨蛋！」

我們就這樣互相嬉鬧，並伸出拳頭互敲了一下。

光是如此，我就有種彼此心意相通的感覺。

後來我們忙了不知道幾個小時。至於飛龍(Wyvern)的屍體，則是交給事後趕到現場的士兵們處理。

對我而言比較重要的是，目前附近一帶已知範圍內的受傷民眾應該大致都找出來了……就在這時，神殿的大門前忽然傳來騷動聲。

好幾名神官匆匆忙忙地跑進神殿。

「《飛龍殺手》大人！《飛龍殺手》大人！」

「啊！我就是，請問有什麼事嗎！」

我揮手回應後，他們便急忙跑到我面前。

接下來的事情交給我們處理就好，請您趕快過來吧。神官們爭相如此說道。

「王、王弟殿下……！」

「王弟殿下表示，希望和英雄《飛龍殺手》大人見個面啊……！」

聽到他們這麼說，我頓時眨眨眼睛愣住。

◆

場景來到一間華麗的房間。

牆上裝飾有五顏六色的掛布，陳列的各種裝飾品只能用「壯觀」形容。

充分展現出權勢，卻又不到教人討厭的程度。

……我想這房間在設計上大概本來就帶有這樣的意圖吧。

我和梅尼爾現在被邀請來到的地方，是《白帆之都(White Sails)》領主館的會客室。

「歡迎來到我的官邸，英雄大人。」

在一張黑檀製的大桌子後面張開雙手迎接我們的人物，正是埃賽爾巴德・雷克斯・索斯馬克公爵。

《法泰爾王國》的王弟，同時也是這座《白帆之都(White Sails)》的領主，《南邊境大陸(South mark)》的統治者。

——真是個目光銳利的人物。我心中這麼想著。

深灰色的眼眸彷彿會看穿到我心底，銳利得讓人聯想到猛禽。淺灰色的頭髮剃得很短，五官嚴厲，體格看起來應該相當鍛鍊過。

身上穿著高格調的衣服，腰間帶劍……而且是適於實戰用的劍，不是裝飾品。

背後還有兩位全副武裝、態度嚴肅的護衛。

「……殿下，今日能見到您尊容，實感無比榮幸。敝人威廉・G・瑪利布拉德，承蒙您召見前來了。」

我將右手放到左胸口，左腳微微往後縮，鞠躬致意。

埃賽爾殿下見到我這麼做，忽然小聲呢喃。

「——哦？」

……呃，難道我做錯什麼了嗎？

「沒料到你會知道這樣古老的禮法，可見你出身高貴世家嗎？」

他說著，用同樣的動作對我回禮。

看來並不是我做錯什麼的樣子，但似乎讓對方產生一點誤解了。

「呃，那個……關於我的來歷，還請您別太深究。」

不過這也是沒辦法的事情，錯在我自己沒有說明啊。

「哈哈哈，有所隱情是嗎？那就沒辦法了……請坐吧。」

殿下坐回椅子上，同時也邀請我坐下。

於是我稍敬一禮後坐下來……卻從氣息察覺到梅尼爾沒有跟著坐下，而是若無其事地站到我斜後方。

呃，為什麼要那樣一副「我只是個隨從」的樣子……啊！他是把和大人物交談的工作全部推給我了——！

「…………」

我稍微轉回頭，對梅尼爾投以怨恨的眼神，結果看到他微微揚起嘴角竊笑。

可惡啊。我只能抱著這樣的想法，把視線放回埃賽爾殿下身上。

畢竟受邀前來卻在邀請人面前東張西望，未免太失禮了。

「話說……只有代表人來赴約嗎？我應該是命令部下把所有人都帶來的。」

「咦？」

該不會是把碧和托尼奧先生也一起帶來比較好？

像碧好像也對領主館很有興趣的樣子，但畢竟她沒有直接參與和飛龍（Wyvern）的戰鬥，所以我才請她留在神殿的。

「威廉先生，你們應該總共有四、五個人吧？」

「啊，是的，總共四個人。」

為什麼殿下會知道這件事？

「那麼就是魔法師、神官、妖精師和戰士……是嗎？原來如此，確實是一支相當平衡的隊伍。」

「咦？」

「唔？」

奇怪？呃……

「我們是神官、獵人、商人和詩人一起旅行的……」

「嗯……唔？」

好像有點雞同鴨講的樣子？

「對飛龍(Wyvern)放出雷電的人，讓神殿出現光牆的人，操縱氣流的人……然後最造成話題的那位徒手挑戰飛龍(Wyvern)、折斷了牠脖子的戰士。」

是這四個人吧？埃賽爾殿下對我如此確認。

「啊！」

原、原來是這樣。

「請恕我冒昧，殿下。如果是指那樣的意義上，那麼的確是我們兩人沒有錯。」

「……唔？也就是說……」

我點頭回應。

「是我這位朋友——梅尼爾多喚來妖精，使《話語》擴散，並操縱氣流使飛龍(Wyvern)落地的。」

「換句話說，他就是那位妖精師了。剩下的呢？」

「就是我本人。」

「……抱歉，可以詳細說明一下你究竟做了什麼嗎？」

「我一度單獨施展雷擊，卻失敗了。後來藉助於梅尼爾多的力量再次對飛龍(Wyvern)施展雷擊，成功達到挑釁與誘導。然後我透過《聖域(sanctuary)》的祈禱嘗試擋下飛龍(Wyvern)的衝撞，但雖然有削減速度，卻還是被放出神祕瘴氣的飛龍(Wyvern)突破了光牆……」

我說著，自己都覺得有點沒出息。

今天如果換成瑪利，絕對可以徹底擋下來的。

「雖然因此遭遇危險的場面，不過多虧梅尼爾多幫忙召喚妖精產生下沉氣流，加上我使用《綑綁的話語》，總算使飛龍(Wyvern)落到神殿的前庭。接著因為四周還有其他群眾，所以我沒有使用威力強勁的魔法，而是嘗試把短槍刺進對方心臟分出勝負，但卻又失敗了。」

這種失敗要是讓布拉德看到，應該會露出很難以言喻的表情吧。

我真的必須重新鍛鍊自己才行。

「因為飛龍(Wyvern)隨時可能吐出火焰龍息(breath)傷害到周圍的群眾，於是我在不得已下徒手再度攻擊。躲過飛龍(Wyvern)的啃咬並抱住牠的脖子摔出去後，將牠壓在地上，勒住脖子封鎖龍息(breath)。接著就這樣憑藉戰鬥前施加的身體強化魔法，靠蠻力折斷牠的脖子。」

真是難看的一場死纏爛打。

我如此說明完這場對自己來說留下很多後悔的戰鬥之後，埃賽爾殿下嘴角一扭——

「明明殺了飛龍(Wyvern)卻不感到自傲嗎？原來無雙的勇士是真的存在啊。」

露出了一臉苦笑。

◆

「這麼說來，請問您不去處理飛龍(Wyvern)造成的災情沒關係嗎？」

領主館的周邊感覺相當慌忙。

許多看起來應該是文官武官的人物忙碌地四處奔走著。在這樣的狀況下，殿下坐在這裡沒問題嗎？

「當然，我到剛才已經做了很多事，接下來也有許多事情等著我。聽取報告，做出指示，巡視現場並激勵人員，接受人民陳情……」

埃賽爾殿下開玩笑似地折指細數。

「但我也有其他更重要的事情必須去做。」

他說著，把視線看過來……

「對，例如說……對根本上解決了這個問題的英雄表示謝意。」

惡作劇似地對我一笑。

「不，我並沒有……」

「你用不著那麼謙虛。我可不希望讓自己的人民們認為我是個不知感恩的傢伙。」

埃賽爾殿下這麼說完後，朝我和梅尼爾端正姿勢。

「身為《白帆之都(White Sails)》的代表，本人埃賽爾巴德誠摯感謝兩位。」

多虧有你們，才讓這樣突如其來的飛龍(Wyvern)襲擊沒有釀成更嚴重的傷害。

殿下甚至向我們微微低頭鞠躬，如此致謝……就算是我也知道，像他這樣有權有勢的人物向別人低頭鞠躬，是極為不尋常的一件事。

或許有人會覺得，低個頭又不會少一塊肉。然而像殿下這種等級的權力者如果隨便向人低頭，其實是會影響到自身權威的。

「……令人不勝惶恐之言，實不敢當。」

於是我也低下頭鞠躬回應。

不過……啊啊。

……一想到接下來的事情，我的胃就好痛。

但畢竟這是難得的機會……

「我希望務必犒賞你們。有沒有什麼期望？」

「有的。」

……雖然這樣恐怕會演變成很麻煩的事態，但我還是做好覺悟，拚了。

「本人是今日剛從南方的《獸之森林(Beast Woods)》抵達這座城市的。那塊地區的各村落目前正受到一群率領凶暴魔獸的惡魔們威脅。」

「唔。」

「……我想請問，能否藉殿下之力派遣士兵，討伐那些惡魔呢？」

聽到我如此詢問，埃賽爾殿下露出複雜的表情。

「要說能或不能的話，也不是不可能……雖然不是不可能，但也非常困難。你也看到那隻飛龍(Wyvern)了吧？」

他說著，用手指搓揉自己的太陽穴附近。

「雖然我是萬萬沒想到飛龍(Wyvern)這種等級的大魔獸會直接來襲擊《白帆之都(White Sails)》……不過現在《南邊境大陸(South mark)》的《法泰爾王國》統治區域內，像那樣的魔獸造成的災情頻傳不斷。」

「『像那樣』的意思是……」

難道說……

「沒錯，就是那神祕的有毒瘴氣。只要不慎接觸就會遭毒侵襲，變得凶暴。」

全身血液被瘴氣之毒汙染的凶暴魔獸們目前在各地橫行，埃賽爾殿下這麼說著。

「倒是威廉先生都沒事嗎？你應該抱過飛龍(Wyvern)溢出瘴氣的脖子吧？」

「我體質上對毒的抵抗力較強。」

「那就好——畢竟士兵在擊敗魔獸之後倒下的案例也很多。」

從以前不死神的事件來推斷，像那類的毒似乎對從小吃聖餅長大的我沒什麼影響，但原來普通人中了毒就會倒下嗎？

「…………」

這樣的案件還很多。

恐怕——不，絕對是惡魔搞的鬼不會錯。

「因為先王推行的政策，讓開拓地區變得太廣大了。照現在的狀況，光是我們統治下的村落就沒能全部受到足夠的保護……這樣講你懂嗎？」

埃賽爾殿下的言外之意，我能理解。

在這樣的狀況下，對於邊境的獨立村落——也就是那些沒有納稅也不受到庇護的村落——是沒辦法增派兵力的。因為要是那麼做，會招致受庇護的村落人民不滿。

不能把原本應該派給有納稅村落的兵力分出來，給沒有繳納過任何東西的村落。

這種事情若只論可不可能做到，的確並非不可能，但實際上就是沒辦法這麼做。

「那麼……」

我想進行的確認完成了，接下來才是主題。

「……可以請殿下允許我使用私人財產召集冒險者或傭兵，前去討伐惡魔嗎？」

這是我一直在考慮的事情。

畢竟不管怎麼說，只靠我一個人的力量，是不可能把猖獗橫行於那片《獸之森林(Beast Woods)》中的惡魔們找出來並全部討伐掉。

既然一個人辦不到，就只能花錢雇兵，增加人數了。

……可是就在我如此詢問完的瞬間，埃賽爾殿下的太陽穴附近抽動了一下。

「…………」

他接著不發一語地把手移到眼旁，做出搓揉太陽穴的動作。

然後緩緩把視線看向我。

「威廉先生——你可明白那句話中帶有什麼樣的含意？」

銳利的眼神。

室內氣氛開始慢慢變質了。

「我很清楚自己提出的究竟是怎麼樣的請求。」

「即便如此，你還是要請求？」

「是的。」

埃賽爾殿下的視線很強勁。

總覺得我是第一次真正體會到「眼神」這個詞的意義——如果是個性懦弱的人，大概光是被這樣一瞪就會全身發抖，忍不住收回自己的意見了吧。

然而，我也有必須遵守的誓言。

「若不如此，將會有許許多多的村落遭到燒毀……同時有許許多多的人民會在饑餓、哀嘆與暴力中結束生命。」

「但是想要拯救一切，是連眾神也難以達成的偉業。」

我們有如互相瞪視般，目不轉睛地看著對方。

這時，埃賽爾殿下忽然別開視線，聳聳肩膀。

「……受不了。如果今天前來請願的你單純只是個默默無名的男人，事情還不會這麼複雜。」

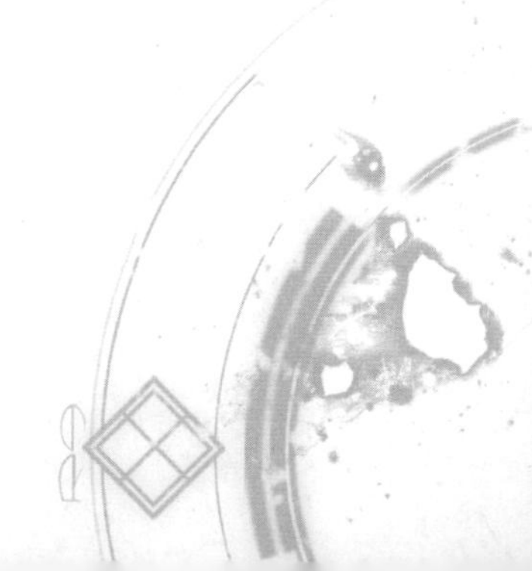

「這點我也深感認同。雖然說，我要不是殺了飛龍（Wyvern），應該也無法和殿下見到面就是了。」

殿下又把手移到眼旁，搓揉兩側的太陽穴。那大概是他的習慣吧。

「你這麼說也沒錯。但是——」

室內陷入一片沉默。

我才剛達成《飛龍殺手》這項功績，卻一下子就在不好的意義上發揮效果了。

……沒錯，正如殿下所說，若今天是個普通人因為對邊境地帶的現況看不下去，而動用私人經費號召人手合力討伐惡魔，其實沒什麼問題。

若只是那樣的程度，相信埃賽爾殿下也不會追究什麼。

畢竟這是個邪惡種族橫行的世界。因為等領主做出行動太慢了，所以自己雇用冒險者解決問題。這樣的案例想必並不少見，因此還在容許範圍內。

但今天卻是身為《飛龍殺手》的英雄——而且還被誤以為是出身自什麼貴族世家的我，提出希望招募私人兵力，到目前領主權力所不及的《獸之森林（Beast Woods）》中展開活動的要求。

……要說這究竟哪裡危險，就是危險要素多到根本講不完有哪些地方很危險。

例如我可能會成為叛亂勢力的首領，或是和其他國家有祕密關係，或者做得太過火而刺激到森林中其他魔獸和邪惡種族等等。

因此這件事不管怎麼想——

「……我甚至必須把『殺掉你』也列入考慮才行了。」

一股壓迫感迎面而來。

「……真是恐怖。請問我會是怎麼樣的死法呢？」

「我不會連你的名譽也剝奪。就說是你在和飛龍（Wyvern）的戰鬥中遭毒侵蝕，忽然吐血而來不及治療吧。」

原本嚴肅站在王弟殿下背後的那兩名護衛這時微微動了一下身子。恐怕只要殿下一聲「動手」的命令，那兩人就會瞬間踢開桌子朝我衝過來吧。

就算我有辦法對付他們，我另外還能感受到好幾個人的氣息，恐怕是躲在這房間左右兩側的隱藏房間。那些武人們想必也會當場衝出來砍殺我，而且也要考慮到對手使用投擲武器的危險性。王弟殿下看起來也相當有實力，下令之後，他自己應該會徹底防禦並迅速撤退，因此很難將他抓為人質。

如此這般，我雖然在腦內姑且試想了一下萬一演變成戰鬥時的發展，但其實想這些也沒什麼意義。假設我真的有辦法將館內所有人都殺光，也只會讓自己在社會意義上死亡而已。打從一開始，我就不可能做出這樣的選擇。

「──哦？」

這時，埃賽爾殿下忽然瞄了梅尼爾一眼。

「這可真是恐怖啊。」

接著用誇大的動作聳聳肩膀。

到底發生了什麼事？我不禁疑惑地轉向背後……卻只看到梅尼爾面無表情地站在那裡。

「……看什麼啦？」

「沒事……」

嗯？究竟怎麼回事？

但畢竟我也不能一直看著梅尼爾，於是把視線又轉回埃賽爾殿下身上。

不管怎麼說，現在這個不太好的事態發展是我自己招致的。我必須想辦法突破這個局面才行。

我放在桌子下的手漸漸滲出汗水。

……究竟這麼做能不能成功，我也沒有自信。

「殿下。」

「什麼事？」

「──如果世上的鹽都失去了鹽分，請問那些鹽又該藉由什麼東西增添鹹味呢？」

◆

「……唔？」

殿下對我突然的提問感到疑惑，但我還是繼續說了下去。

「如果世上的提燈者全都在白天的陽光底下，那些燈火又能照耀到什麼呢？」

「…………」

我看著埃賽爾殿下銳利的雙眼。

兩人的視線互相交錯。

我不別開眼睛。

不感到畏怯。

筆直注視。

「燈火之神葛雷斯菲爾將祂其中一盞燈火託付予我。」

要看著對方的眼睛，說下去。

「既是傳燈者，便應當比任何人都率先走入黑暗之中。用光芒照耀在黑暗中哀嘆的人民，並且為隨後跟上的人指引道路。」

看著前方。

傾訴發自內心的話語。

「我認為，這就是我的使命。」

現在我只能這麼做，也應該要這麼做。

拙劣的矯飾或欺瞞，對眼前這個人物不論怎麼想都只會得到反效果。

「——因此，我向您懇求。請您透過什麼形式允許我的行動吧。」

我說著，從椅子上站起來，跪到地上，深深低頭。

一點都不聰明，也絲毫不耍伎倆。

單純就是從正面懇求對方的行為。

……但我認為，既然是向別人提出無理的請求，自己首先就應該率直拜託對方。

埃賽爾殿下頓時陷入沉默。

「…………威廉先生。」

過了許久後，他開口說道：

「那樣的一條路，十之八九只會通往絕望喔？首先，那種願望不可能會實現，而且就算實現了，你也只有吃虧的份。」

聽到這句話，我緩緩把頭抬起。

然後對殿下露出笑臉。

那種事我很清楚。

不過……

「我就是有目的想要尋找那所謂的『絕望』。」

「哦？什麼樣的目的？」

「——因為我看那所謂的『絕望』非常不順眼，所以想狠狠把它一腳踢飛。」

我聳聳肩膀如此說道。

埃賽爾殿下聽到我的回答，先是呆了一下後……大笑起來。

「哈哈、哈哈哈！把它一腳踢飛，是嗎？聽起來真是不錯，哈哈哈！」

看來他對我的玩笑很捧場的樣子。

不但捧著肚子邊笑邊拍打桌面，眼角甚至還笑得溢出淚水。

「哈哈哈。這樣啊，這麼說也對。仔細想想，你是個連《聖域》(sanctuary)的祈禱都能使用的高等神官，而且還結交了這樣優秀的朋友！」

「……？呃……」

「嗯，怎麼，你都沒察覺到嗎？在你背後那位半精靈，聽到我剛才說要殺了你的瞬間，就帶著殺氣狠狠瞪了我一眼。那是不怕死的士兵會有的眼神，想必是抱著即使與在場所有人同歸於盡也要保護你的覺悟啊！」

唉呀，優秀，實在優秀。殿下如此笑著說道。

於是我緩緩轉回頭看向梅尼爾……

「才、才不是那樣！我只是想說自己也會被牽連所以做好覺悟而已……該死！你笑個屁啦！」

我莫名臉頰一鬆，忍不住笑了起來。

結果梅尼爾看到我這樣子，又繼續臭罵。

就在這時——從走廊的另一頭，忽然傳來慌亂的腳步聲與大叫聲。

◆

「神、神殿長，請您別這樣，現在殿下正與客人交談中……」

「請留步！請留步呀，父親大人！」

「囉嗦，放開我！給我放手！」

這樣的對話從走廊傳來。

「不要礙我的事！這群白痴——！」

房門接著「碰！」一聲被打開。

站在門外的，是巴格利神殿長。

還有這座領主館的傭人以及看起來應該是助祭小姐的年輕女性，不知道為什麼拖在神殿長背後。

神殿長氣喘吁吁地伸腳踏進房間，毫不客氣地走到殿下面前。

「……埃賽爾巴德殿下，可以請您別這樣蠻橫嗎？」

接著露出和埃賽爾殿下在不同意義上嚇人的眼神瞪向殿下，如此說道。

「哦？蠻橫。巴格利神殿長，你這是什麼意思？」

埃賽爾殿下則是聳聳肩膀，一臉愉快地反問神殿長。

「請您別跟我裝傻！」

神殿長「碰！」一聲用力跺響地板。

「這個小鬼！」

然後伸手指向我……

「他可是登記在我神殿名冊上的一人！就算還只是暫時，但好歹也是設籍在神殿的人！但您居然也不知會神殿一聲就把他召來，成何體統！殿下難道無視於神殿的權威嗎！」

一句接一句地如此大聲抗議。

「哦哦，原來是這樣。那件事我倒是不曉得，真的是這樣嗎？」

「……啊，是的。」

我確實有把名字登記到名冊上，但那很明顯並沒有重要到那種程度。感覺只是類似旅館登記簿之類的東西才對……

「這豈是一句『不曉得』就能了事！就算當時因為我外出遭遇混亂而不在神殿，您也不該略過進行確認的手續啊！」

「話雖如此，但你神殿的人倒是二話不說就把他送到我這邊來了喔？」

「那單純只是教育不足而已！我之後會好好管教他們一頓！」

神殿長說著，就用他戴有金銀戒指的粗胖手掌「磅！」一聲拍響桌面。

結果他身上的脂肪跟著搖了一下，看起來莫名有趣。

「不管怎麼說，他是隸屬於我的神殿！殿下如果太過擅自妄為……」

「關於這件事，神殿長，此人可不只是那種程度的貨色喔？」

「……啥？」

「他剛才要求我允許他組織私人部隊，說是要去拯救《獸之森林(Beast Woods)》的貧民們。」

「啥！」

瞪大雙眼的神殿長接著把視線轉向我。

「你、你、你這……」

「老實講，『乾脆在這裡把他殺掉』的念頭也確實閃過我的腦海。」

神殿長這下什麼話也講不出來，只是不斷開闔嘴巴。

好像金魚一樣。

「然而，因為他實在太過直率……我反而莫名覺得有趣起來了。」

「啥！」

「神殿長，你看這樣如何？我打算將他任命為僅限一代的騎士，是不是可以請神殿方面也給予他祝福呢？」

「啥、啥啊！」

「簡單講，就是所謂的『聖騎士（Paladin）』。責任與利益由我和神殿各半……你看怎麼樣？」

「啥———！」

好誇張的聲音。

整個房間都在震盪了。

「如此一來就能姑且算是由我和神殿共同管轄，而且要是有什麼萬一，你們也有『開除教籍』這樣的選項啊。」

「問題不在那裡！」

「關於身分方面有神殿擔保，而且他又是《飛龍殺手》的英雄，沒什麼問題吧。」

「問題不在那裡！」

「那到底有什麼問題？」

「事情決定得太急了！」

神殿長又再度「磅！」地拍響桌子。

「——這件事請讓我帶回去好好考慮！可以嗎？」

「嗯，沒問題，你就好好考慮考慮吧……不過巴格利，如果真的能夠實現，我會很高興的。畢竟我現在相當中意他啊。」

「當年提拔我的時候也是一樣，拜託請您別太胡鬧了！」

巴格利神殿長如此大吼之後，轉頭瞪向我和梅尼爾。

「喂，菜鳥小鬼！咱們回去了，跟上！」

「啊、是！」

聽到他這麼說，我趕緊從椅子上站起來。

就在神殿長如暴風雨般的介入下，我與《白帆之都(White Sails)》領主——埃賽爾巴德殿下的面談結束了。

◆

「淨會給我惹麻煩……」

在回程路上，巴格利神殿長不斷嘮嘮叨叨地抱怨，而梅尼爾則是一副很火大地默默聽著。

……啊啊，嗯，這兩人感覺就是很不契合。

「呃……」

就在介於兩人之間的我想說些什麼的時候……

「尤其是你，這個菜鳥！居然這樣擅自妄為……！」

「什麼擅自妄為，我們又不是你的部下還什麼的。」

「你說什麼！」

巴格利神殿長又繼續嘮叨，終於讓梅尼爾忍不下去，開始頂嘴了。

「我可是神殿長啊！」

「那又怎麼樣啦！」

兩人就這樣大聲爭執起來，我實在沒辦法介入其中。

啊啊，果然很不契合……！

「真是抱歉，最近我父親因為懸案太多，變得相當煩躁……」

就在這時向我搭話的，是剛剛在領主館試圖制止過神殿長的那位助祭小姐。

亞麻色的秀髮編成較鬆散的麻花辮，身上穿有外套、短上衣與長裙，給人很正經的感覺。

「不，我才要為我的夥伴道歉……話說回來，請問妳是巴格利神殿長的女兒嗎？」

這一點從剛才就讓我有點疑惑。

雖然我記得這個世界的聖職人員並沒有規定禁止結婚，但那位神殿長原來是已婚者嗎？

「是的，我是他女兒。不過我們之間並沒有血緣關係就是了。」

「意思是說……」

「我父親在來到這裡赴任以前，是在首都負責管理一座附設有大規模孤兒院的神殿。」

「哦哦，原來如此。」

然後不知道是經由什麼管道被埃賽爾殿下看上，而挖角到這裡來的是吧。

雖然才剛認識不久，但從這次的事情中我就清楚知道了，巴格利神殿長是個個性很強硬的人物。

大概就是因為這樣，殿下判斷他適合來管理邊境地區的神殿吧。

「雖然出了孤兒院的前輩或同輩們多半都透過父親的介紹，在本國各地就職了……不過包含我在內的十幾人，則是跟著父親來到了這塊大陸。」

而且神殿長在各地都有人脈，也有忠誠度相當高的部下們。

嗯，雖然我在各種事情上保留判斷，但應該差不多可以斷言了吧。

這樣講可能很失禮，不過巴格利神殿長在外觀上有點像個貪財僧，又老愛抱怨批評，乍看之下給人的印象很誇張……但我認為他其實應該是個相當能幹的人物。

因此……

「巴格利神殿長。」

我對不知道在跟梅尼爾爭執什麼的神殿長叫了一聲。

「剛才真是非常感謝您。多虧有神殿長介入，幫了我一個大忙。」

「用不著你道什麼謝！我只是保護神殿的權威免受王弟殿下的任性侵犯，至於你的事情只不過是順便而已！」

說到底，那個人每次只要心血來潮就會做出一堆誇張的事情，實在不行！神殿長又繼續發起牢騷了。

這個人真的很愛抱怨……他恐怕就是藉著把怨言吐出口來保持自己的精神平衡吧。然而這也不難理解他為什麼在神殿內好像不太受人歡迎了。

「……話雖如此，但世俗權力也還是必須尊重。

黃昏禱告（evening prayer）結束後，你記得留在禮堂，我要討論一下王弟殿下的提案。」

「是，我明白了……啊，不過、呃……」

「有什麼問題嗎！」

「請問那個『黃昏禱告（evening prayer）』是……？」

「…………」

神殿長的太陽穴頓時冒出明顯的青筋，停頓一拍後，開始對我大聲怒罵起來。

……是，實在抱歉，我真的很無知啊。

◆

看來在這兩百年間，儀式方面也有了很大的改變。

在瑪利的時代被稱為晚課(vesper)和晚堂課(compline)等等的幾項聖職日課被統合起來，改稱為黃昏禱告(evening prayer)了。

從複雜的聖職日課被統合簡化，稱呼也變得淺顯易懂來推斷，這恐怕是《大聯邦時代(Union age)》崩壞造成的影響，讓繁瑣的儀式體制難以在各地維持的緣故吧。

……另外，當我表示如果是晚課(vesper)或晚堂課(compline)自己就知道後，神殿長和助祭小姐卻當場愣住。看來這些用語在現代不太會聽到的樣子。

「難道你是向什麼熟悉古典儀式的長壽種族修道僧拜師學習的嗎？」

「呃，是的，大致上就是那樣。」

……姑且不論化為不死族能不能算長壽，但瑪利的確比較熟悉古老的儀式，所以這樣講也沒錯。

「也就是說，你並不是完全無知的意思了。」

巴格利神殿長「唔唔唔」地呢喃一下。

「安娜，我記得應該有書籍整理了儀式的修改部分，妳去圖書室找出來，另外找個適任的教師給他。這傢伙不但是個菜鳥……還是個來自兩百年前的古代人，簡直麻煩透頂。」

雖然感覺好像被講得很難聽，但畢竟大致上說得也沒錯，讓我無從反駁。助祭的安娜小姐則是在神殿長背後一副非常抱歉地不斷對我低頭致歉。

我們接著回到神殿，和碧與托尼奧先生會合後，我受到主要來自碧的瘋狂發問……完成零零碎碎的各種瑣事之後，我便出席參加了黃昏禱告（evening prayer）。

雖然大家因為搬除瓦礫或是到各處治療傷患等等工作顯得非常忙碌，但神殿的人們似乎並沒有因此中斷每日的禱告。

——越是困苦的時候越不能忘記禱告。這樣的精神我非常喜歡。

就這樣，我出席參加的儀式感覺非常莊嚴……卻讓我有點不太自在。

因為大家紛紛想要把較好席位讓給我，而且從四面八方都可以感受到有視線在偷瞄我……對於一點都不習慣受人款待或注目的我來說，真是一段靜不下來的禱告時間。

後來等大家都退出禮堂，剩我獨自一邊禱告一邊等待時，神殿長來了。

他連每日的定時禱告都沒出席，似乎是去和什麼人見面商談的樣子。

「稍微等我一下。」

神殿長說著，便在除了我以外沒有其他人的禮堂中跪下來，交握雙手禱告。

──現場的氣氛霎時改變。

「…………」

他禱告時的樣子有模有樣到教人驚訝的程度。

明明外觀長相絕對稱不上美麗，卻讓我感到非常美麗。

……禱告時比他更有模有樣的人物，我除了瑪利以外就沒見過了。

我忍不住也跟著交握雙手。

「──好。」

然而，神殿長的禱告時間卻出乎我預料的短。

「咦？呃……」

「什麼事？」

「……巴格利神殿長，我有很多事情感到非常在意。」

我細選詞語後……

「毫無疑問地，您應該是得到了相當高等的庇佑吧。」

這氛圍，我想不會有錯。

打從初次見面時我就多多少少感受到了，神殿長獲得的神明庇佑……大概跟我同等，甚至**淩駕於我**。

「我聽神殿的人說，您從來都不使用祝禱術。從剛才的樣子看起來，您大概也不太讓人見到自己禱告，或是在人前會故意偷懶。」

請問這是為什麼呢？我如此詢問。

「哈！這個愚蠢的菜鳥。」

結果又被罵了。

「小鬼，你當祝禱術是什麼？」

「是神明賜予的庇佑。」

「那麼神明為什麼要賜予你庇佑？為了給你特別待遇嗎？不是吧？」

「……」

「是為了**透過你**——明白嗎？神明是想要透過你完成某種目的。而我們必須隨時隨地思考，究竟該怎麼使用祝禱才能順從神明賜予我們庇佑的意向。若是當成什麼便利的道具，只會讓神的威光有減無增。對於那樣的蠢材，神明的庇佑只會隨著時間漸漸減少。很多傻子們就是不懂這點，才會一直停留在菜鳥階段，最後在不知不覺間失去庇佑。」

神殿長一句接一句地說著。

「我是神殿長。在這塊剛開拓不久、人民性情粗魯的土地上為了確保經費或權利，有時需要威嚇對方，有時也需要和人互相叫罵。為了事前交涉，偶爾也需要招待高官或進行賄賂……在那樣的狀況下，如果隨意使用高等的祝禱術試試看，眾人肯定會覺得：『賜予那種男人庇佑的神明到底在想什麼？』」

他說著，朝我瞪過來。

「這下我要問你了，小鬼，像這樣的結果有符合神明的意旨嗎？在為我的守護神——制裁與雷電之神沃魯特宣揚威光的目的上，有任何好處嗎？」

「不，沒有。」

「對，就是那樣。因此無論祝禱或禱告，我都不要讓人看到才是正確的做法。反正透過展現庇佑力量以宣揚神明威光的事情，我都交給副神殿長去負責了。」

那傢伙非常優秀，也很擅於適度掌握人心。

所以像『招牌人物』這種要保持高雅，而且必須細心行事又麻煩的工作可以放心交給他。巴格利神殿長如此說著。

「至於你又是如何，這個半吊子？只不過是殺掉一隻飛龍(Wyvern)就當自己是英雄了嗎？」

被他這麼一問，我不禁沉默。

「聖騎士(Paladin)……哼，什麼聖騎士(Paladin)？連祝禱究竟是何物都還沒理解的小夥子，想當聖騎士(Paladin)！王弟殿下也太會開玩笑了！」

面對用誇張的動作裝出驚訝態度的神殿長，老實講，我無言反駁。

「……喂。」

「…………」

「要我去幫你回絕也行。只要我頑固拒絕，想必王弟殿下也會死心。」

怎麼樣？神殿長用高壓的語氣對我如此詢問。

筆直瞪著我的視線配上他巨大的身體，魄力一點也不輸當時的埃賽爾殿下。

「你就放棄吧，這個半吊子。不會有好下場的。」

「……即便如此。」

我沒有別開視線，目不轉睛地回望著神殿長的眼睛。

「即便如此，我的神明也**透過我**希望能完成什麼事情。」

聽到我的回應，神殿長頓時皺起眉頭，用嚴肅的表情注視著我。

「不反悔嗎？」

「不反悔。」

「這個蠢貨。」

「我也這麼覺得。」

「你向流轉之神立下什麼誓言？」

「奉獻一生，討伐邪惡並拯救不幸。」

「……高興吧。在我見過的傻子中，你是最傻的一個。」

神殿長深深嘆一口氣。

「……我讓幾個人跟隨你，剩下的事情就隨你便。」

感激不盡。我說著，對他深深鞠躬。

——不管別人怎麼說，我都認為這個人非常值得尊敬。

◆

後來的日子可說是匆忙到教人驚訝的程度。

就在神殿長聯絡王弟殿下表示接受提案的同時……助祭安娜小姐帶來一名感覺很嚴格的神官，依循現代形式把禮儀做法和身為神官的儀式知識徹底塞進我腦袋後，便以嚇人的速度準備舉行我的授勳典禮了。

以授勳騎士爵位來講，再怎麼說也太隨便了吧？這異常的速度究竟是怎麼回事？雖然我不禁如此疑惑，但我也略有聽聞，這次飛龍（Wyvern）造成的災情似乎意外嚴重，甚至有人失去了住家或職場，因此反而希望舉辦什麼慶典製造臨時的工作機會。

……這麼說來，上輩子我在古代史或中古世紀史中也有讀過，每當社會上發生什麼災害時就會興建佛寺廟宇。原來那之中也帶有重新分配財富的意義啊。

言歸正傳，總之只要受封騎士爵位，在各方面做起事來就會迅速得多。

無論是人力、物資、金錢或權威，只要依循相關的權力，運用起來就很方便。

這樣想想，就算被那個王弟殿下和神殿長套上項圈管束，其實也不算什麼。

……而且那兩人實際上也不會對我做出什麼過分的事情才對。應該。

「不知來自何方，不知於何處鍛鍊，不知拜師何人。

世人只知曉，其為已失傳之流轉神明，燈火之神的使徒。」

這些大概都是必要的事情。

「其信仰虔誠可比主教，其學識淵博可比賢者。

其雙臂所蘊藏的，是足以擊敗飛龍(Wyvern)的無雙巨力。

猶如三英傑的靈魂轉世其身，再度降臨世界打響名號！」

……是、是有必要的事情。

「《燈火的使徒》、《飛龍殺手》、《巨力無雙》——《世界盡頭的聖騎士(Paladin)》威廉・G・瑪利布拉德。現身於白帆之都的新一代英雄，願其名傳遍天下……嗯～大概就這樣吧。」

是有必要啦，可是！

「碧，可以拜託妳不要在我面前練習我的武勳詩嗎！」

「什麼嘛～有什麼關係～？」

「再怎麼講也太羞恥了吧！」

「畢竟你實際上就是幹下了這樣的豐功偉業，這也沒辦法啊……」

「羞恥的事情就是會羞恥啦！」

正當我們在神殿房間如此鬥嘴的時候，托尼奧先生則是在一旁撥著算盤。

「唔……」

「托尼奧先生，請問怎麼了嗎？」

「如果需要購買大量家畜，不論如何金額都會很高的。」

「哦哦，那件事啊。」

因為討伐了飛龍(Wyvern)伴隨受封騎士等等事情讓我忙得暈頭轉向，但也不能忘了正事。

我的目的終究是要討伐《獸之森林(Beast Woods)》中的惡魔，想辦法解決那個地區的經濟問題，同時宣揚燈火之神大人的名聲。

——因此我有一個策略。

「哦？怎麼樣的策略？」

「可以請你幫忙去交涉一下，把生病或受傷的家畜以便宜的價格購買下來嗎？」

「咦？」

「然後再由我把牠們全部治好。」

「……啊！」

托尼奧先生頓時瞪大眼睛。

嗯，我也是有仔細思考很多的。

這樣一來，家畜商人可以把傷病家畜脫手賣出而滿足，我們可以購得家畜而滿足。而且《獸之森林(Beast Woods)》的村落都是貧寒聚落，購買能力極低，對家畜商人而言本來就不是什麼大客戶，因此也不算妨礙行商。受疾病或傷痛所苦的家畜們也能得救——在這方面牠們是要繼續受人使役，所以我不知道算不算幸福啦，不過——理論上應該是皆大歡喜的做法才對。

雖然實際上如果讓商人知道賤價賣出的家畜後來被治好，應該不會有好臉色。在這部分需要注意一下就是了。

「另外，我是希望托尼奧先生可以就這樣繼續負責《獸之森林(Beast Woods)》和《白帆之都(White Sails)》之間的生意買賣啦……」

請問這樣我要出資多少才夠呢？

聽到我如此詢問後，托尼奧先生便把手放到下顎，「唔」地想了一下。

「威爾先生，讓我們稍微認真談談生意吧。」

「還、還請手下留情……」

要做的事情一件又一件地增加。

不過最終目的只有一個，而我正朝著那個目標前進。

……神啊，我很努力在做，也會盡力完成的。

我在心中如此呢喃後，總覺得那位寡言而面無表情的女神大人好像稍微露出了一點微笑。

◆

——那是一間類似稍大間的酒館兼旅舍的店。

一樓是酒館，二樓是旅舍。為了預防旅客住完房間卻不付錢就走，所以把旅舍建在二樓的機制，原來不管在哪個世界都是共通的。

店門前掛有寫著『鋼鐵劍亭』的招牌。招牌下面還懸掛一塊象徵武器模樣的小掛布。

據說那就是冒險者的聚集處以及委託任務的仲介處——『冒險者旅館』的識別方式。

冒險者。

類似傭兵的受雇武人、保鑣，或是透過挖掘《大聯邦時代(Union age)》的遺跡、討伐魔獸賺取賞金等等方式維生的地下社會分子。

以前世歷史來講，有點像是古羅馬時代的職業劍鬥士，或是西部劇中會登場的槍手。

社會地位不高，但同時也有可能一夜致富或成為英雄的社會階級。

傍晚時刻，我與梅尼爾一起走在工作結束、準備回家的勞動者們來來往往的街道上，從敞開的門外窺探店內。

店裡此時已經非常熱鬧。因為還是冬天，客人們身上的衣服都穿得有點多，拿著裝有麥酒的角杯互相乾杯。

然而，那畫面有些奇怪。

「…………是魔獸的角，還有皮革。」

他們毫不在乎地使用著長角魔獸的角做成的角杯。披在身上的外套或背心也有用魔獸皮革製成的東西。

……那些就是那些傢伙們的戰利品，也是顯示自己實力最簡單明瞭的方法。梅尼爾在我身邊小聲對我如此說明。

我們接著踏入店內。眾人的視線聚集過來……沉默一瞬間後，騷動起來。

是帶著銀髮妖精混種的淡褐色髮小鬼。

看起來就是一副鍛鍊過的樣子啊。

絕對沒錯。

「哦哦，傳聞中的《飛龍殺手》大人，到這種簡陋的酒館有何貴幹啊！」

一名醉得心情愉快、看起來身手矯健的男人向我如此搭話。

「我有事情想委託。」

「那就去跟店長講一聲，付個幾塊錢，然後利用布告欄就好啦。」

「謝謝你。」

仔細一看，在店內的牆上有一塊巨大的木製看板，上面釘有好幾張紙或皮革。

於是我也向店長買了幾根價格包含委託費在內的釘子，有樣學樣地把委託文件釘到布告欄上。

周圍的客人都好奇地聚集過來看我的委託內容——

『徵冒險者。

探索惡魔橫行的《獸之森林(Beast Woods)》。

黑暗的每一天。危險狀況不絕。不保證生還。酬勞低廉。

成功後將能獲得名聲與讚賞。

——威廉・G・瑪利布拉德』

頓時，現場陷入一片沉默。

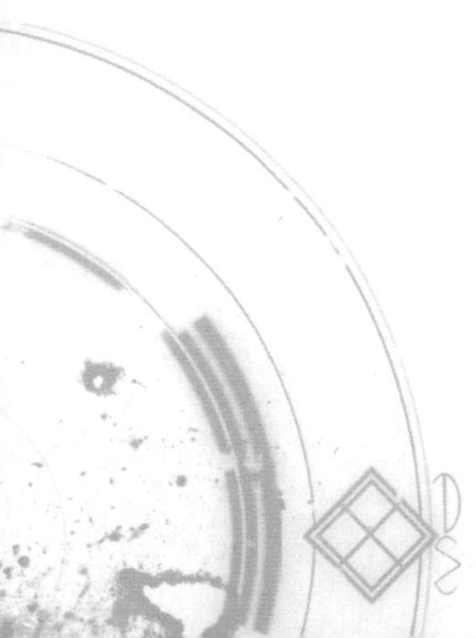

◆

「喂喂喂，《飛龍殺手》大人呦。」

首先打破沉默的，是帶有醉意的聲音。

「咱們做的也是生意，你這種條件不會被接受啦。」

鋼鐵製的胸甲閃閃發亮，佩帶在腰上的劍收在絲毫沒有傷痕的紅色華麗劍鞘中。

是個手臂粗壯、臉部發紅、三十歲左右的冒險者。

「你們說對吧？」

聽到他這麼一說，推測是跟他同夥的幾個人也跟著開始起鬨。

就是說啊，太小氣了吧！他們紛紛如此大叫。

我看到梅尼爾緩緩握起拳頭，不禁一瞬間慌張起來。然而……

「閉嘴，這群《紙老虎（bluffer）》。」

一名穿著寒酸的男子忽然從一旁現身插嘴，讓所有人都停止叫囂。

那男子臉上長有鬍鬚，難以判斷年齡。體格雖然不差，但也不算壯碩。身上的外套都是破洞與燒焦痕跡，佩帶的劍鞘也破破爛爛，看起來應該做過什麼改造。

……但比起這些，更引起我注意的是他的手指。

他的手指骯髒又有許多傷疤，指甲都剪得相當短。

布拉德以前不知道在哪一次的武勇課堂上說過，要判斷一名劍客就要觀察對方的手指。

——一名劍客是否允許妨礙自己拔出武器的要素存在。

——這點只要觀察對方的手就能一目了然。

「就我來看。」

那男子緩緩開口說道。

他似乎並不是個擅於言辭的人。

「你想找的人應該是《冒險瘋子（madman）》吧？不是那些沒啥實力卻做事規規矩矩，姑且懂得工作禮儀也知道忍耐的《紙老虎（bluffer）》。

而是不怕死又不懂禮貌的渾球，願意為了無聊的堅持賭上性命、差勁無比的《冒險瘋子（madman）》對吧？」

我點頭回應。

就算沒有刻意壓低酬勞的意思，到貧窮地區討伐惡魔本來就是收入微薄又非常危險的工作。

即便有尚未被發掘的遺跡可以探索，那也還是相當危險。

我並不想要欺騙別人來幫忙。

所以這次應該招募的不是把冒險者當工作的人，而是為了追求名聲和榮耀，為冒險而當冒險者的人。這是我和梅尼爾一致的見解。

而我聽說那樣的人都會聚集在這間『鋼鐵劍亭』。

因此——

「正是如此。我就是為此來到這裡徵人的。」

「喂，你們聽到沒！就是這樣啦！」

《飛龍殺手》想找的是《冒險瘋子(madman)》啊！

聽到這樣的號召聲，有幾位坐在位子上窺探這裡的人陸續起身。

「呿！這群《愛走路(strider)》的渾蛋……要是賺了錢，偶爾也該輪到你們請客啦！」

反而是剛才率先來向我搭話、裝備看起來很高級的那群人，紛紛咂著舌頭走回桌邊。他們大概原本期待是賺大錢的好機會，結果卻發現不是那麼回事吧。會有比較重視生計的人也是理所當然的事。

至於聚集過來的人每個看起來都個性粗野、裝備骯髒，散發的氛圍銳利刺人。身上的裝備多是魔獸皮革，用魔獸角交杯飲酒。

——感覺是對於「商人保鑣」之類穩定安全的工作毫無興趣的一群人。為戰鬥與冒險燃燒生命，貨真價實的血性漢子……對，就像布拉德那樣！

「你說要探索《獸之森林(Beast Woods)》，目標是什麼？」

「場所是遺跡嗎？還是野外？」

「小貨色我可沒興趣喔。」

被他們如此詢問的我，故意露出一臉大膽無畏的笑臉。

「——是惡魔的頭目。」

聽到這句話，大家一瞬間沉默下來。而我轉頭環視他們，接著說道：

「我的目標是率領在《獸之森林(Beast Woods)》西部跋扈的惡魔們，而且推測可能操縱魔獸的惡魔頭目。」

最初向我搭話的那名鬍鬚男愣住呢喃：

「大獵物啊。」

「是的。」

「位置太含糊，光是要找出敵人下落就很花功夫了。」

「你說得沒錯。」

「而且萬一在探索中遭到那種對手奇襲，肯定當場喪命。」

「我也這麼認為。」

「換句話說——就是一場愉快無比的愚蠢冒險是吧。」

他笑了。笑得大膽無畏。

「讓我加入吧。只要有飯吃有床睡就好，如果能再給些小錢就更好。」

聽到男子如此表示，其他人便「我也要」「我也是」地跟著附和。

而我回應說「當然會準備好餐食和睡床，也會支付酬勞」之後，大家就大聲歡呼起來。

「不過在那之前……」

「怎麼？」

我笑著，對那男子伸出手。

「可以先告訴我各位的名字嗎？我是威爾。威廉・G・瑪利布拉德。」

「我叫雷斯托夫。」

這時，碧以前說過的話不經意湧上我腦海。

──那要唱什麼好呢？

──以最近的武勳詩來講，《貫穿者》雷斯托夫大家都在唱……

「……《貫穿者》？」

「是曾經被那麼叫過。」

鬍鬚臉的冒險者板起表情這麼回答了我。

就這樣，我在《白帆之都》生活了一段時間。

◆

「本人，索斯馬克公爵埃賽爾巴德・雷克斯・索斯馬克任命你為騎士。」

神殿中莊嚴的禮堂。埃賽爾殿下站在眾多列席人員的另一頭。

在他身旁還有準備賜予祝福的副神殿長，細長的雙眼與柔和的長相讓人印象深刻。

……我邁步走向他們面前。

如果要說真心話，我其實是希望在各種事情上關照過我的巴格利神殿長為我祝福的，但他卻拒絕了我的拜託。

據他說，如果在世人面前表現出自己虔誠的態度或深受神明庇佑的樣子，會很麻煩。

要讓交涉對手產生「對方或許會使用什麼虔誠神官決不會採取的手段也說不定」這樣的想法，是很重要的一件事。神殿長這麼向我表示。

畢竟他在別人面前連禱告都假裝偷懶，事後才自己一個人禱告，做得非常徹底。實在很遺憾。

而聽到我這樣表達遺憾時，副神殿長也表示了「這點我深感同意，那樣出色的人物卻不為世人所知，實在遺憾。」這樣一句話，和我一同惋惜。真是個好人。

「願此人成為守護者，守護神殿，守護窮困人民，守護所有抵抗惡神暴虐、信仰善良眾神的存在。」

我走到預定位置後，殿下拿起放在祭壇上的劍，用響亮的聲音如此念出祝詞。

那把劍接著被交到副神殿長手中，最後再交給我。

我將劍收進預先準備好的劍鞘中，按照之前學過的禮法，三次把劍拔出來再收回劍鞘。

拔劍與收劍所發出的清脆聲音響遍整間禮堂。

「即將成為騎士之人，你要遵守善良眾神的教誨，守護神殿、窮困的人民以及所有虔誠祈禱、努力工作的人。」

殿下接續這樣一段祝詞。

我跪下回應，將劍握到另一手後，用雙手托起劍鞘，讓握把朝向殿下。

殿下將劍拔出，用劍身側面輕輕拍打我的肩膀三次。

他接著把劍又交還給我。於是我收下劍，站起身子，把劍收回劍鞘。清脆的聲音再次響起。

副神殿長使用了淨化的祝禱，讓四周頓時充滿神聖的氣息。

「懇請吾之守護神——知識神恩萊特成為仲介，向此人之守護神祈求！願燈火之神葛雷斯菲爾賜予此人的聖寵永不斷絕！」

知識神恩萊特，年邁的單眼神明，能看透一切可見與不可見之物的學識之神。

「汝要堅守誓言，尊重教誨，守護弱小——成為世人之光！」

副神殿長張開雙手大聲為我祝福。

現場頓時響起熱烈的鼓掌與喝采聲。

成為世人之光！

為新騎士的誕生獻上祝福！

願邊境光芒照耀！

願燈火騎士永享祝福！

聖騎士(paladin)萬歲！

……接下來的狀況就有如熱鬧的祭典。

列席的各方權貴人士向來場的群眾們大方布施，引起眾人熱烈歡呼。

光是能夠藉由授勳儀式的名義，對飛龍(Wyvern)事件的受害民眾們進行這樣大規模的布施行動，我就覺得接受成為騎士的提議很值得了。

接著是一場舉城狂歡的盛大宴會。

在其中一項餘興表演的摔角比賽中，我連續對五名參加者壓制(fall)獲勝，惹得眾人愉快大笑後，又被好幾名騎士包圍壓制(fall)，吃了個敗仗。

大家沒什麼惡意地大笑宣告「我們贏過那個《飛龍殺手》啦～！」之類的話，而我也「太狡猾了吧！」地笑著抗議。

「梅尼爾！你也一起來嘛！」

「別開玩笑了，我才不要！」

梅尼爾還是老樣子，都不想參與這樣的祭典。

於是我硬把他拉了過來。

「哦哦，是聖騎士(Paladin)大人的隨從……」

「他不是隨從，是我朋友！」

「誰是你朋友啦！」

「這、這樣啊……」

碧則是開心地唱著描寫我的詩歌。還跟我說「大賺錢！大賺錢啦！」這種話，實在讓我很羞恥。

托尼奧先生和雷斯托夫先生倒是利用這樣熱鬧的氣氛，似乎和各種人物嘗試了接觸的樣子。他們實在很懂得掌握機會。

熱鬧的盛宴一直持續到晚上。

——就這樣，我成為了這塊世界盡頭之地的聖騎士(Paladin)。

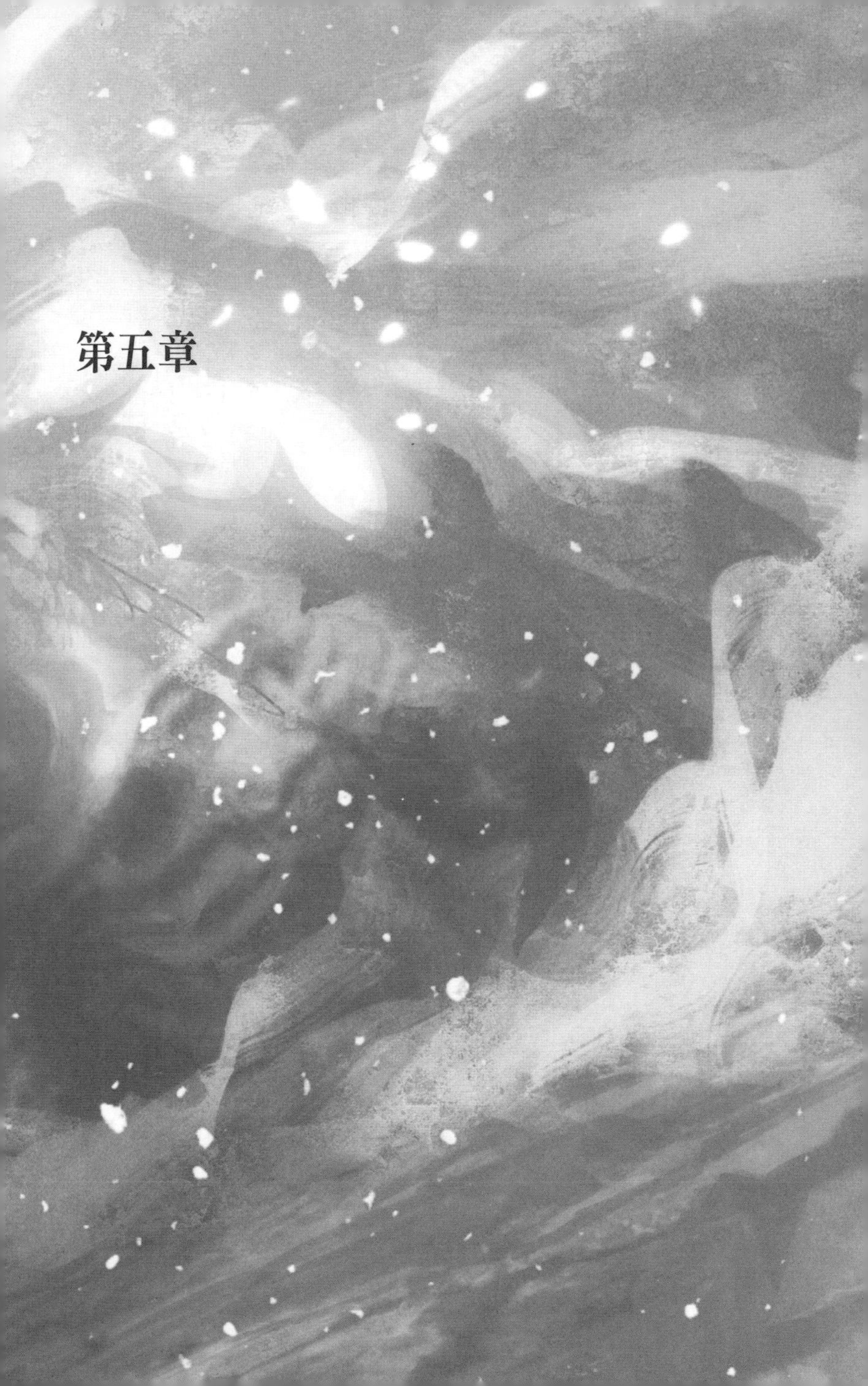

第五章

各種事情以驚人的速度進行著。

在那場熱鬧的祭典之後，我便向副神殿長與埃賽爾殿下提出請願，以獲得許可的形式確定前往討伐惡魔了。

換句話說在名義上，這單純是一名神官所做的慈善事業。不過多了正當的權威與權力做為後盾。

總覺得事情好像越搞越大了，但我認為這也是最不會觸犯到什麼對象的形式。

或許今後萬一發生什麼狀況，我會有向神殿或殿下盡忠的必要；然而以獲得權威保障的代價來說，這也是當然的。

……反正現況來講應該不會馬上有什麼變卦，所以這點我以後再去想吧。

巴格利神殿長派遣了包含安娜小姐在內，幾名會使用祝禱術而且熟悉祭典儀式或葬禮等等禮法的神官，成為我的助手。

他們各個都經驗豐富，能夠彌補我本身所欠缺的東西。

我對巴格利神殿長真的是感激到頭都抬不起來了。

……至於托尼奧先生則似乎利用授勳典禮前後的熱鬧氣氛，到處為我的活動募集了捐款與出資。

有大量的載貨車、金屬製的農具與工具、布料製品、消耗品、經濟作物的幼苗、治療完傷病的家畜，以及雇用來管理這些東西的人手。

籌措了這些物資的托尼奧先生，還笑著向我表示「下次換我自己來當商會的老闆好像也不錯。」這樣的想法。

而我點點頭希望他真的去挑戰一下後，他便露出頑皮的笑臉對我說了一句：「到時候可要請你多多關照啊。」

就這樣，我們讓訂下契約的粗莽冒險者們擔任貨車護衛，再度回到了《獸之森林(Beast Woods)》。

接著又是一段忙碌奔波的日子。

我們拜訪了以前我治療過村民的各地村落，再度為傷病患進行治療，或是請安娜小姐幫忙舉行祭祀。在托尼奧先生的協助下，將家畜、農具與工具等物資以提供宿營場所為代價借貸給村落，或是以每年分期付款的方式賣給村民們。

只要聽到有惡魔或魔獸出沒的消息，便請雷斯托夫先生為首的冒險者們組隊前往討伐。當中尤其是雷斯托夫先生特別厲害，被他帶回來的魔獸屍體幾乎都如他的稱號所示，一擊就貫穿了要害。

我有試著問過他對飛龍(Wyvern)是否也能辦到這樣，結果他板著臉回答了我「如果是在劍的攻擊距離內啦。」這樣一句話。

另外如果遇到村落之間起爭執，我就會居中調停；如果村內發生犯罪行為，我也會在神官們的協助下，盡可能合理穩當地進行判決。

其實我本來沒有預定要做到這種程度的，只是因為最初那座村落的湯姆長老提到和別的村子也起了爭議，拜託我既然曾經調停過一次就再幫忙一次，讓我實在難以拒絕。

結果這風評漸漸傳開，其他村落也來要求我幫忙仲裁他們無法解決的爭議，讓我要做的事情又變得更多了。

……就這樣，我們在森林各處的村落進行著活動。

如果聽說有我們還沒到訪過的村落，就會請現在村落中的人幫忙介紹，建立關係。然後到下一個村落又如此反覆。

當我們想要和陌生村落建立友好關係，或是希望宣傳什麼事情的時候，碧總是能幫上很大的忙。

雖然相對地，關於我的傳聞好像也因此被加油添醋了很多內容，但我或許要把它想成是必要的代價吧？

……當然，如果一直進行這樣的活動，只會讓我們大虧錢而已。

即便如此，但我們出借或賣出的家畜與農具等等，都會留在村落成為貴重的公共財產。

而這些東西能夠非常明顯地提升各村落開拓或生產的效率。

畢竟那些本來都是流浪的貧民們聚集形成的村落，很多地方光是一具馬犁、一把鐵斧或鋤頭就被當成貴重物品。而現在如果湊齊了馱馬與馬犁，或是得到十幾把的金屬製農具跟工具，工作效率自然會大幅提升。

只要效率提升就能增加農田面積，收益也會提升；只要收益提升就能償還借貸，也會有餘裕可以購買商品。

與此同時，我也會和冒險者們一起討伐《獸之森林》(Beast Woods)的危險惡魔和魔獸，提升地區的安全性。只要安全性提升，商人們就只需要雇用少數護衛便可以往來各村落，刺激商業活動。反正這裡是領主權力未及的地區，也沒有所謂的通行稅，因此能夠自由進行買賣。

而隨著商人往來村落的次數增加，自然就能用貨幣購買東西。而村落提高的生產能力，想必也能促使村民用貨幣換得各式各樣的物品。

久而久之，村民們便會為了獲得現金而開始評估都市方面的需求，讓著手栽培經濟作物的地方漸漸增加。

像這樣商品與金錢開始流通，鄰近地區之間自然就會為了進行交易而變得頻繁聯繫，交通也會隨之改善。

——古斯最喜歡的、讓金錢「活」與「動」的狀況也就形成了。

「如此一來，或許總有一天可以將虧損金額回收回來。雖然前提是威爾先生和我到時候還活著就是了。」

托尼奧先生一邊估算一邊對我這麼說道。希望我們真的能夠活下去，把赤字部分回收回來啊。

當然，這一切都才剛起步，也不是所有事情都能順利進行。

像是企圖不勞而獲賺取利益的人，或是借了一堆東西卻賴帳的人，諸如此類的案例也相當頻繁。

遇到這種時候，我多半會請擅長法律與勸說的安娜小姐那些神官們，或是請長相凶悍的冒險者們協力，盡可能在不把事情鬧大的狀況下收拾問題。

值得慶幸的是，在這短期間內還沒有什麼闖出大禍的危險人物……畢竟按照這地區的居民個性，假設真有那樣的人物，大概也只會被眾人圍毆然後化為森林的肥料。因此在某種意義上，會這樣也是理所當然的。

瑪利以前曾經說過：

「做好事的時候容易遭遇的最大危險，就是『既然自己是為了良好的目的在行動，相應的結果肯定會隨之而來』這樣錯誤的想法。」

就算自己想做的是好事，也並非周圍的人都會無條件出手幫忙，神明也不一定會給予保佑。

良好的結果終究是來自良好的目標設定與手段。

因此在這方面要思考得比任何事情都現實。

一方面參考古斯教過關於金錢的知識，另一方面也要請教像梅尼爾、碧、托尼奧先生、雷斯托夫先生、安娜小姐以及各地村落的長老等等，對這世界的人情道理或風俗習慣很熟悉的人物，逐一商量並做出決定。

如此這般，在冬季到春季的這段期間中，我們不斷地來往於森林各處。而《獸之森林》(Beast Woods)的各村落中，也能看到越來越多的笑容了。

原本不知明日何去何從，總是表情陰暗或面無表情，甚至會做出誇張行徑的人，感覺都有漸漸減少。

也許就是因為這樣，我不經意回想起以前古斯強力主張過的說法。

——想達到目的根本不需要使用什麼魔法，只要買適當的道具或雇用適當的人才就行了。

——變動地形雖然是大魔法，但只要有錢根本不需要使用魔法，去雇用工匠和人手來施工就行。

——賺錢用錢的能力，可是跟魔法一樣重要啊！

「……啊啊。」

古斯，我如今總算明白了。你說的都是真的呢。

即使有時候會讓人不禁疑惑歪頭，但古斯教過的東西總是正確的。能夠使人露出笑容，給予他人希望……簡直比魔法更像魔法啊。

◆

「喂。」

就在夏天的腳步漸漸到來的某一天。

在我們向某村落借地搭起的天幕帳篷下，正當我檢修著《朧月(Pale Moon)》的槍頭接合處時，雷斯托夫先生走了過來。

「去西邊探查的皮普隊還沒回來。」

我記得是出身自某處農場的年輕人，和另外兩位叫哈比與布雷南的人組成隊伍。皮普。

「多久了？」

「按照他們本人的申報，應該是預定最長十天的探索行動。但今天已經超過兩天了。他們都很優秀才對。」

言下之意就是：他們會這麼晚沒有回來，恐怕是發生了什麼事情。

「我明白了。前去搜索吧。」

我稍微思考了一下行動成員。

當然這有可能只是單純遇難，或是遭到野生魔獸奇襲。

但也不能排除皮普先生的隊伍誤觸到惡魔據點警戒網的可能性。

若是如此，就需要挑選擅長戰鬥的成員。另外為了確實追尋下落，還要帶擅於追蹤的獵人或山野強盜出身的冒險者才行。

「我、梅尼爾和雷斯托夫先生是確定成員……另外可以請你再幫忙組兩隊嗎？各隊中都要有擅於森林探索的成員。」

聽完我的提案，雷斯托夫先生也點點頭表示贊同。

「我馬上去找人來。」

探索成員們很快便聚集到村子的廣場上。

我接著簡單說明狀況。詳細內容等上路再講就可以了。

「皮普先生的隊伍比預定歸返日超出兩天還沒回來，因此我們要前往搜索。這有可能不是單純遇難，而是誤觸了惡魔據點的警戒網。」

到時候，我們也會有和惡魔戰鬥的可能性。

聽到我這麼說，眾人明顯都緊張起來。

「……只要把他們打倒，這一帶也會稍微平靜些吧。」

梅尼爾也對我點點頭回應。目前還沒確定真的有惡魔在。

有可能單純只是遇難而已——但我們還是帶著緊張的氣氛，做好準備出發了。

◆

「喏。」

半路上，梅尼爾忽然向我搭話。

我們追尋皮普先生隊伍留下的痕跡，準備要踏入他們原本預定的探索區域。

「該怎麼說……我先跟你道個謝吧。」

我和梅尼爾走在隊伍的後端。

前方有雷斯托夫先生與其他冒險者們，正針對散落地面的葉子上留下的足跡議論紛紛。

「呃、那個……謝什麼？」

「很多事啦。」

梅尼爾那對翡翠色的眼睛並沒有看向我……或者說反而有點把臉別向另一邊，對我如此說道。

「要是沒有你，我肯定已經墮落到難以回頭的地步了……現在我能夠像這樣為了正經的目的，正經過活，全都要多虧有你。」

呃~所以說……梅尼爾這樣停頓了一下。

「總之，謝謝你啦。」

然後別開眼睛對我這麼說。

「……不，我才應該謝謝你。謝謝你一直幫忙我這個不諳世事的人。」

總覺得胸口頓時有一股暖意漸漸散開，於是我笑著點頭回應。

「不過……」

「怎麼？」

「你至少看著我說話嘛。」

「囉嗦！」

梅尼爾依舊沒有把視線轉過來，就邁步往前走去。

他死也不肯把臉面向我的樣子。

其他冒險者們看著這樣的我們，紛紛調侃起來。

而我們發現皮普先生他們——的屍體，是幾天之後的事情了。

◆

我們從村落出發追尋皮普先生一隊的蹤跡，過了幾天的時間。

綿延不絕的茂密樹林總算到了盡頭，露出頭頂上的藍天。
穿過綠色森林之後，眼前是一道岩石裸露的峽谷。
峽谷另一頭又是森林，更遠處還可以看到山脈。
呈現紅褐色的一座座高山，是《鐵鏽山脈（Rust Mountains）》。
看來眼前的峽谷應該是從那山脈湧出來的河流侵蝕形成的吧。
至於水流可能是後來改道或乾枯，而只留下裸露的岩石和峽谷了。
峽谷並不算很深，但延續得相當長，在原本應該是河床的部分有許多圓形的石頭。
「…………」
皮普先生一行人就**散落**在那塊區域。
那畫面看起來就像年幼的孩童把脆弱的紙人偶粗魯扯碎，又隨地亂丟後離開而留下的痕跡。
梅尼爾他們驅趕著群聚在現場的禽獸。
黑色翅膀的烏鴉振翅飛去，大大小小的食屍動物們四散逃逸。
「……喂。」
梅尼爾這時發現一道足跡。
那沾滿血的野獸足跡，足足有我背上這塊盾牌的大小……

「非常大型……是什麼魔獸？」

聽到梅尼爾這麼說，周圍的冒險者們也凝視起那道足跡。

「嗯？不知道。」

「好大啊。比蠍獅還要大。」

「……是棲息在這峽谷的野生魔獸嗎？還是說……」

難道惡魔的據點就在這峽谷的深處嗎？

當我思考到這邊，一名冒險者忽然發出開朗的聲音。

「哎呀，既然是和大獵物拚了一場——不管皮普、哈比還是布倫南肯定都死得心滿意足，順便感到有點不甘心吧。」

「居然沒殺死牠！這樣。」

「真是符合冒險者風格的死法啊！」

「善良眾神們，給予他們的靈魂安息吧！」

一名冒險者說著，從懷中掏出裝有酒的小瓶子，嘩啦嘩啦地淋在屍體上。

我也為了預防萬一他們的屍體化為不死族，而使用了《神聖燈火引導(divine torch)》的祝禱術。

梅尼爾和其他幾個人一邊交談一邊警戒四周，雷斯托夫先生則是回收起故人的遺髮。

「……唔？」

忽然，雷斯托夫先生發出疑惑的聲音。

「頭部只有兩人份。雖然因為損傷嚴重，分辨不太清楚就是了……」

他說著，環顧四周。

「應該是被吃掉了吧？」

聽他這麼一提，確實好像有點數量很少的感覺。

「有可能。」

「…………不，等一下。」

梅尼爾似乎注意到什麼，而發出聲音。

朝他伸手所指的方向望去，可以看到劍、盾牌、護手等等東西往峽谷深處的方向零零星星地掉落在地上。

「是一邊捨棄裝備一邊逃跑了嗎？」

「為什麼要往峽谷深處？」

「如果森林方向被堵住，在這種峽谷當然只能往深處逃啦。」

「這麼說也對。」

我們互相點點頭後，便出發往峽谷深處確認。

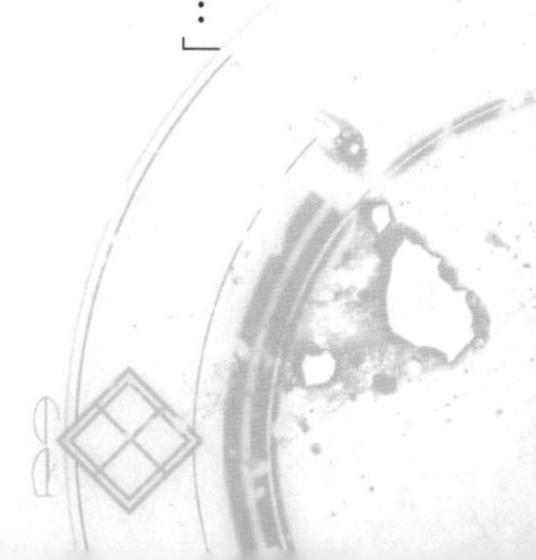

◆

我們一步步往峽谷深處走去。

頭盔、護胸……循著掉落在地上的各種裝備走著走著，我忽然注意到一件事，不禁小聲呢喃。

「……**好奇怪**。」

同時，梅尼爾和雷斯托夫先生似乎也察覺到什麼。

「沒錯，很奇怪。」

聽我這麼一說，梅尼爾和雷斯托夫先生也點頭同意。

「什麼事很奇怪？」

「這道峽谷的地面狀況並不好。」

地上到處有滾動的圓石，實在不適於全速奔跑。

要說可以遮蔽身影的東西，頂多也只有幾塊大岩石而已，視野算是非常好。

就算假設那隻不明的大型魔獸把注意力都放在殺戮其他兩個人好了。

即便如此，在這種場所……一個人類不可能從大型魔獸面前逃跑到這麼遠的距離才對。

「……！」

當我們發現時已經太遲了。

前方一塊大岩石上，彷彿在佐證我的想法似地——擺放著一顆腐爛的人類頭顱。

「是陷阱！撤退——」

我大叫到一半的瞬間……

大量魔獸發出震耳欲聾的嚎叫聲，在峽谷間迴盪。

從森林方向，我們剛才進入峽谷的那一側，好幾隻魔獸朝我們走來。

有雙頭的大蛇。

眼睛充滿血絲的巨大雄鹿。

大到會讓人誤以為是豹的山貓。

魔獸。魔獸。魔獸。

而且全部都**從體內噴發著瘴氣**。

「嗚、嗚哇！」

有人當場發出慘叫聲……

「冷靜下來！」

「別慌，架起盾牆！」

接著冒險者之中有帶盾牌的戰士們站到前方，排成一橫排互相保護。

我和雷斯托夫先生則是分別守在左右兩邊。

……既然已經中了陷阱，只能想辦法突破了。

沒問題。如果只是這種程度的敵人，應該可以對付。

——伴隨著瘴氣，魔獸們漸漸逼近。

我記得那瘴氣是有毒性的。

於是我迅速施展幾項魔法與祝禱，為所有人施加《增強生命力(vitality)》與《耐毒的禱告(antipoison)》。

梅尼爾似乎也呼喚妖精，為大家進行了幾項保護。

「……感謝。」

「感激不盡！」

「謝謝啦！」

眾人紛紛向我們道謝。

「好……就讓那群自以為騙到我們上鉤的禽獸們好好搞清楚，究竟誰才是獵物吧。」

雷斯托夫先生難得開了個玩笑。

我可以感受到梅尼爾在後方對妖精發出指示，並架起了弓箭。

其他冒險者們也架起各自的武器與盾牌，調整呼吸。

彷彿是在煽動我方的恐懼心似的，那群魔獸緩緩地、緩緩地朝我們接近。

我舉著盾牌的同時，從掛在腰帶上的袋子中拿出石頭與投石索。

將投石索包在石頭上，用單手旋轉甩動。

「就是現在，射！」

估算著雙方距離的雷斯托夫先生發出號令的同時，好幾支箭立刻飛去，讓幾頭魔獸留下不算淺的傷勢。

我也擲出石頭，擊爆了一隻魔獸的頭部。

就在那一擊之後，魔獸群開始朝我們衝了過來。

衝刺途中又有好幾支箭連續射去，我也用投石再擊爆了兩隻魔獸的頭顱。

「撐住！」

「哦哦哦哦哦！」

我們接著放低重心，把身體藏在盾牌後面，準備迎接衝擊。

——就在那瞬間，一道巨大的影子蓋過我們頭上。

長有翅膀的身影輕易就飛過我們這些前衛，衝向後衛。

雖然我想做出對應，但是不行。

我必須在這裡擋下魔獸們的衝撞。

「梅尼爾！」

只能把一切託付給我最信賴的梅尼爾了。

拜託，盡量幫我爭取時間。

就在我如此傳達，並轉回前方準備繼續防守的時候……

「咳啊……！」

忽然傳來肉體被衝撞的聲響。

我沒辦法繼續盯著前方，忍不住回頭一看。

梅尼爾——

我最信賴的夥伴——

——竟然被巨大的魔獸輕易撞飛了。

◆

那是一隻非常巨大的魔獸。

腳掌足足有一個盾牌的大小，上面接著宛如把粗鐵線纏繞形成的粗壯大腿。

即使把身體縮成一團，那魔獸恐怕還是比這一帶貧寒村落的農家房屋巨大。

相較之下，甚至連飛龍(Wyvern)都會讓人覺得纖細。外觀像獅子的身體散發出壓倒性的質量感，宛如一顆巨大到必須抬頭仰望的岩石就佇立在眼前。

魔獸長有三顆頭，分別是山羊、獅子與亞龍。

從那些頭可以強烈感受到牠對於渺小存在的輕蔑、嘲笑與惡意。

合成獸奇美拉——透過褻瀆性的儀式將魔獸互相混合而誕生，極為凶猛而危險的魔獸。

「啊……」

梅尼爾為了保護自己與背後的夥伴們，似乎有呼喚土妖精嘗試過防禦。

證據就是有一道石頭與泥土形成的牆壁從地面隆起。

而那道牆壁……被奇美拉如大象般粗壯的前腳輕易踹破。

梅尼爾就像個人偶般，重重摔落到陡峭的岩石斜坡上。

在他面前……

「不要。」

奇美拉彷彿在嘲笑似地……

「住手。」

從亞龍的頭部……

「住手啊啊啊啊啊！」

噴出了火焰。

梅尼爾的身體用力彈跳，漸漸焦黑。

他會死，會死的。

——噗哧！我腦中響起某種東西被扯斷的聲音。

「啊啊啊啊啊啊啊啊啊啊啊！」

激昂的血流把我的視野染成一片鮮紅。

就連飛龍(Wyvern)襲擊的時候，我都沒有這麼憤怒過。

順從著這股激昂的情緒……

「《雷(tonit)》——」

我準備詠唱《雷電的話語》。

霎時，一股衝擊。

從盾牌傳來。

對了，是魔獸。

衝撞過來了。

《話語》、因此中斷……

失敗。

反撲。

我斷斷續續思考到這邊的瞬間，發動失敗的雷電流竄我的身體。

「……！」

衝擊。全身痙攣。癱下。

我到底、在做什麼。

太難看了。

我要戰鬥才行。

我明明應該、保護大家才對。

為什麼、被這樣輕易擊敗——

我緩緩倒下，在模糊的視野中，看到冒險者們勉強抵抗的身影。

雷斯托夫先生揮劍奮戰，但想必撐不了多久的時間。

如寒冰似的冰冷絕望，讓憤怒的火焰當場消散。

為什麼？

是哪裡做錯了？

一切不是都很順利的嗎？

我——我究竟、是在哪裡做錯……

大蛇的頭朝倒下的我逼近。

面對即將把我一口吞噬的那張大嘴，我……不對，是我被布拉德徹底鍛鍊過的身體……

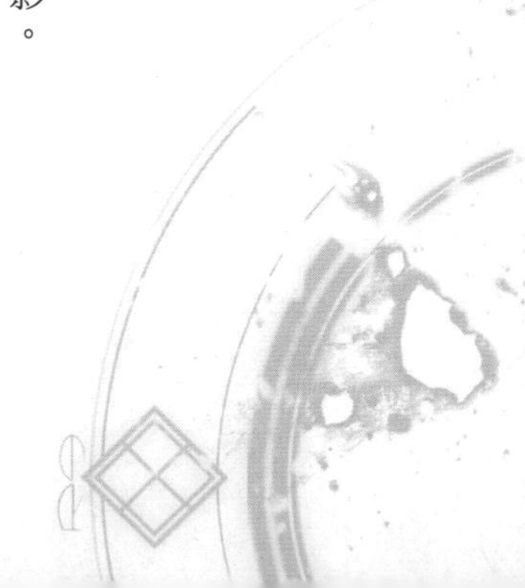

——極為自然地拔出了《噬盡者》(Over Eater)。

一砍。蛇頭當場落下。

紅色的棘蔓往四面八方展開。

傷口消失，生命力湧出。

「啊啊啊啊啊啊啊啊啊啊啊啊啊！」

我大聲咆哮。

思考漸漸稀薄，漸漸冰冷，漸漸消失。

一切化為白色，腦中只剩下魔獸與自己的相對位置。

——一場虐殺就此開始。

◆

尖牙從右邊襲來。砍斷。

利爪襲向左腳。故意被抓。砍斷。劇痛。

揮砍。傷口復原。劇痛消失。

砍向下一個敵人。紅色棘蔓布滿整個空間。

用盾牌毆打，砍殺。故意被刺穿，砍殺。故意被咬，砍殺。緊貼對手，砍殺。

砍殺。砍殺。砍殺。

棘蔓。棘蔓。視野被染成一片紅色。

「啊、啊、啊啊啊啊啊啊啊啊！」

難看無比的強硬手段。

鍛鍊出來的肌力，訓練出來的技巧，磨練出來的精神，這一切全都不存在。

有的只是憑藉魔劍的性能強硬砍殺敵人而已。

極度無可救藥，難看、沒出息、教人想哭的戰鬥。

實在對不起那三人，實在感到丟臉。

我不斷流著淚，發瘋似地將魔獸們一頭接一頭砍死。

任鮮血與臟器潑灑在自己身上。我究竟砍死了幾頭魔獸？

但是還不能停，我要再砍更多，更多，更多——

「住手，已經夠了！」

有人在我耳邊大吼，從背後架住了我的手臂。

……是雷斯托夫先生。

不知不覺間，我發現眼前已經沒有東西在動。

「咦、啊…………」

奇美拉不知逃到哪裡去了。

四周是一片血與臟器的大海。

雷斯托夫先生和其他冒險者們也並非毫髮無傷……

「快去治療梅尼爾多，他要死了！」

被他這麼一說，我才回過神來。

「梅、梅尼爾！」

我連滾帶爬地奔向梅尼爾。

他全身焦黑。

秀麗的臉蛋被燒得面目全非。

手臂扭曲，手指也缺了好幾根。

「啊、啊啊……！」

我禱告。再禱告。

燈火之神的奇蹟漸漸治療梅尼爾的身體。

「拜、拜託、拜託啊。」

淚水湧上眼眶。

「拜託你睜開眼睛，不要……不要走……」

傷勢極為嚴重。即使傷口漸漸痊癒，他依然遲遲沒有睜開眼睛。

禱告。再禱告。

我的腦袋開始變得恍惚。

這麼說來，我究竟砍殺了多少敵人，沉浸在魔劍的力量中多久的時間了？

或許就是那樣造成的反撲吧。

啊啊、可是、我必須、治療梅尼爾、才行……

我這樣、想著。

地面忽然傾斜。我的意識瞬間轉暗了。

◆

當我醒來時，是在一座位於峽谷近處的村落。

這裡似乎是向村落說明情況，並用一點錢暫借來的空屋。

據說那場戰鬥結束後，雷斯托夫先生他們就扛著我和梅尼爾撤退了。

值得慶幸的是，魔獸群已經全數被我斬殺，奇美拉撤退之後也沒有再次來襲的跡象。

——梅尼爾保住了性命。

大概要多虧戰鬥前施加的那幾項魔法與祝禱吧。

另外，梅尼爾本身面對奇美拉的毆打並沒有魯莽硬拚，而是選擇自己往後跳開。這也發揮了很大的功效。

雖然他緊接著因為撞在岩石上又被火焰龍息(breath)燃燒，幾乎喪命，不過多虧施加在身上的魔法勉強撐住一口氣，讓我的祝禱術得以趕上。

……然而我在途中因為魔劍的反撲失去意識，導致治療並不完全。據說梅尼爾到現在還沒有清醒過來的樣子。

「總之，你稍微休息一下吧。」

「可是……」

「梅尼爾多的狀況還算穩定，倒是你消耗得太嚴重了。休息吧。」

向我說明狀況的雷斯托夫先生用嚴肅的表情如此勸告我後，走出了房間。

他的表情也相當疲憊。

……雖然我想他是刻意不告訴我的，但是在那場戰鬥中，除了我和梅尼爾之外應該還有其他犧牲者才對。

空屋的土牆建得很簡陋。

在透過屋頂縫隙照進來的微弱光線中，我沮喪低著頭。

「…………」

到底是哪個環節做錯了？

是我把攻擊後衛的奇美拉託付給梅尼爾的部分嗎？

不對。

照當時的狀況，會那樣判斷也是沒辦法的事情。

即使最後的結果幾乎等於是敗退，但我把奇美拉交給梅尼爾對付的這項選擇本身應該不是明顯的錯誤才對。

如果我那時候轉去對付奇美拉，大家也有被魔獸的突擊吞沒的可能性。

比那更嚴重的失誤，我想恐怕是被敵人利用屍體設下的陷阱給騙到的瞬間吧。

充足的人數。至今的成功。目擊到認識的人的屍體，為了保護心理免受衝擊而強裝出來的樂觀態度。

大概就是這樣的種種因素累積，讓大家心中都產生了些許的輕忽大意。

如果發現屍體的當下，我們能充分保持警戒，花時間好好派人偵查四周狀況，應該就不會貿然進入峽谷深處，遭遇不利的戰鬥才對。

因此這次的失敗非常單純，就是警戒心不足。

在敵陣中注意力散漫，貿然行動所得到的報應——應該是這樣的，可是……

「…………」

我總覺得有什麼地方不太對勁。

好像漏看了什麼非常致命的部分。

是什麼？我到底有什麼事情沒注意到……？

抱著這樣難以消化的心情，當我再度躺下的時候……

「話說回來，居然會敗退啊～」

「而且還是那個《飛龍殺手》跟《貫穿者》喔？」

隔著薄薄的牆壁，我聽到外面的聲音。

「敵人中有隻異常巨大、好像叫『奇美拉』的混種魔獸。」

「這下該怎麼辦？」

「誰曉得？」

「這麼說來，那個精靈混種受了很嚴重的傷對吧？」

「那傢伙也真辛苦啊。必須陪《飛龍殺手》那樣的怪物一起戰鬥，有幾條命都不夠用啦。」

大概是不知道我會聽到的關係，有幾個人——幾名冒險者如此一邊交談一邊經過外面。

——我心中頓時閃過一個陰暗的想法。

啊啊，原來如此。

……錯的不是**戰術**，而是**戰力估算**。

在我心中，某種黏質的聲音對我如此說著。

我對梅尼爾非常信賴。

認為可以把自己的背後託付給他。

……認為即使遇上什麼強敵，只要託付給梅尼爾應該就能撐一段時間。

當奇美拉現身的時候，我也很自然地這樣判斷了。

但實際上又是如何？

梅尼爾面對奇美拉根本什麼抵抗也做不到。

他並沒有我心中擅自期待的那麼強。

我把不符合實力的危險任務交給了梅尼爾。

什麼也沒多想，就是很天真地。

把對方當成朋友，擅自認為這種程度對方應該能夠應付——

「啊啊……」

思緒不斷運轉。從心底深處的陰暗部分有某種想法慢慢爬出來。

那恐怕是我在不自覺間刻意不去看到的部分。

刻意不去思考的部分。

然而，如今我已經不能視而不見了。

——在這個世界中，我的強度是脫離常軌的。

自從離開死者之街後，我周圍的人或明講或暗示地對我說過好幾次這樣的話。

但我每次都只是露出苦笑，將那些話輕輕帶過。

為什麼我至今都不曾思考過這件事情？

……恐怕是我在不自覺間一直都迴避去深入考慮這件事情吧。

無論周圍的人對我的能力如何稱讚，我都一直保持謙遜。

讚美其他有能力的人，為自己的不成熟感到羞恥。

因為如果不那樣做，就等於是承認了。

無論目睹到多可憐的人，多悽慘的狀況，我都一直避免可憐對方。

始終只讓自己身為一名能幹的問題解決人。

因為如果不那麼做，就等於是承認了。

——承認自己和對方是**不對等的**。

要是我承認了這點。

要是我認清自己站在高處，周圍的人都比自己矮一截。

要是我認為讓某人與自己並肩戰鬥是一種給予對方強烈負擔的行為。

——**我就沒辦法變得像那三人一樣了**。

沒辦法像那三人一樣，尋得能夠互相託付背後，互相扶持，互相尊敬的夥伴。

我會變得孤單一個人。

所以我才會一直對眼前再明顯不過的實力差距假裝視而不見。

……但實際狀況又是如何？

我期望能夠成為夥伴的梅尼爾其實很弱。初次交手的時候，我不是輕易就擊敗他了嗎？

在飛龍（Wyvern）那場戰鬥中也是，他只不過是幫忙擴散我的《話語》，幫忙讓飛龍（Wyvern）落下罷了。

就只是如此而已。

對於這樣「對方比我弱得多」的簡單事實，我卻彷彿不想看到什麼討厭的東西般，不自覺地一直避開視線。

為什麼會這樣？

為什麼我會害怕一個人？

就在這麼想的瞬間，某個情景閃過我的腦海。

那是個非常黑暗的念頭。

前世的房間。

誰都不在的房間。

雙親已經過世的家。

寂靜無聲的場所。

好可怕。

好可怕。

好寂寞。

好難受。

我不要──

「……啊啊。」

什麼嘛。

原來是這麼回事。

其實非常單純。

我就是不想要一個人。

我害怕一個人。

害怕身旁沒有人的感覺。

因此我才會把自己本來應該保護的對象、應該拯救的對象，硬是看作與自己對等的存在。

透過各式各樣的藉口，讓自己不去思考明確的事實。

像這樣委婉強求對方站在與自己相同的立場……結果差點就把梅尼爾殺了。

就只是因為自己討厭寂寞，這樣差勁的理由。

——我總算明白了。這樣是不行的。

我站起身子。

雖然有點腳步不穩，但稍微禱告後就馬上好了。

沒問題。我很強的。

接著邁步走出。

首先去梅尼爾的所在吧。我要治療他才行。

雖然不知不覺間開始下起小雨，但那種事我一點都不在意。

心中的一切都舒暢無比。

我笑了。

打從心底笑了。

◆

天空下著小雨。

在一棟富裕農家內，梅尼爾躺在其中一間房間的床上。

傷口沒有完全癒合，全身到處都是燙傷，體液滲染繃帶，呼吸也很困難。

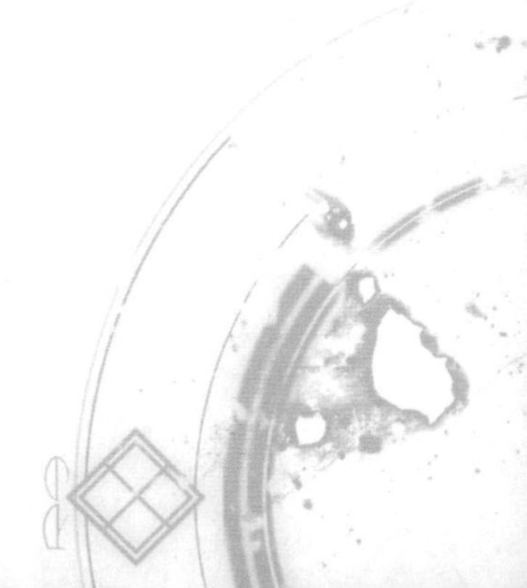

不知是不是心理作用使然，我總覺得他臉頰消瘦，一頭銀髮也黯淡無光。

……這是我的罪。

明明隱約察覺到自己壓倒性的強度，卻對這件事假裝沒有自覺。

害怕自己成為上位的存在，不想讓自己孤獨。

逃避力量所伴隨的責任。

所以事情才會變成這樣。

……我還是自己一個人吧。

一個人解決問題吧。

尤其是在戰鬥方面，我不可以強迫別人站到自己身邊，給予對方負擔。

就算沒辦法變得像那三人一樣，又有什麼關係？

我獻上禱告。

神啊，請祢治好這位可憐的梅尼爾吧。

只要我禱告，神明便一如往常地立刻幫忙治療梅尼爾。

原本悽慘的燙傷痕跡、沒有完全治好的抓傷痕跡，全都漸漸消失。

忽然，我感到視野搖晃。

「……！」

是啟示。

那位總是蓋著長袍兜帽，面無表情的神。

黑髮的寡言女神。

放下頭上的兜帽，悲傷地垂下嘴角的模樣，我確實看到了。

……啊啊，神啊，祢是在為我擔心嗎？

不過沒問題的。

是過去的我太愚蠢了。

我很快就會讓祢不再悲傷。

請祢放心吧。

眼前的一切。只要我伸手可及的一切。

我都會身為祢的劍，身為祢的手，拯救全部。

「沒問題。我會一個人想辦法解決一切的——」

我小聲呢喃後，搖搖晃晃地走出房間。

回到原本那棟空屋。

我的裝備都在那裡。

拿起來一一確認。

沒什麼好擔心的。再怎麼糟糕的狀況下，只要我一個人有槍有劍就行了。

無論生了病、受了傷都能治療。也能獲得食物。

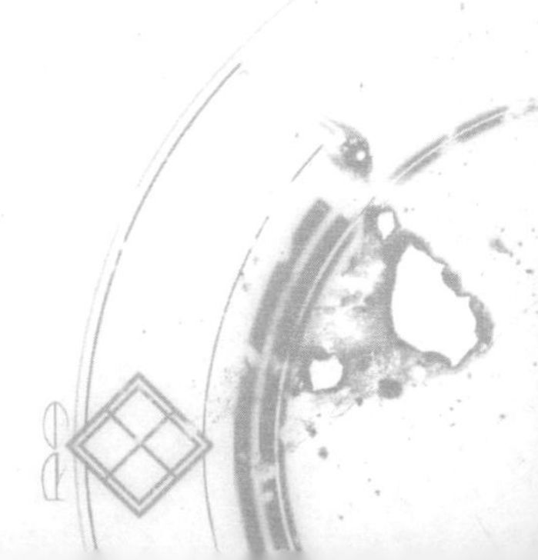

只要我有那個意思，只要身旁沒有需要保護的對象，只要我不顧一切……任何對手我都能夠殺掉。

沒錯，我就承認吧。

在這個世界，我的強度超乎尋常。

惡神的分身我也能殺掉。

飛龍（Wyvern）我也能徒手殺死。

就好像電腦遊戲中把等級升到最高的人物。

就好像靠作弊密碼修改過數據的改造角色。

在這個世界，我的強度遠超過別人。

所以沒問題的。

殺掉奇美拉吧。殺掉惡魔吧。為這個地區帶來和平吧。

任何妨礙我的敵人，全都殺掉就行了。

為了行善，為了正義，想要最快達到目標，這麼做是最有效率的。

這就是體現神明意志最佳的手段。

我如此想著，任憑雨水打在身上，茫茫然走出房門。

離開村落，走向森林——

「……喂。」

一道人影擋在我前方。

銀色的頭髮。伶俐的五官。緊閉的嘴唇。

以及憤怒燃燒的翡翠色眼眸。

不知是什麼時候起身，什麼時候繞到我前方的。

——梅尼爾多就站在我眼前。

◆

雨天之中。

我與梅尼爾多在村外的草原上互相對峙。

「你想去哪裡？」

他用嚴厲的聲音如此問我。

「什麼去哪裡——」

我疑惑歪頭。

「就是去殺掉魔獸啊，梅尼爾多。」

聽到我這麼說，梅尼爾多瞇起眼睛，用力緊閉了一下嘴唇。

「一個人嗎？」

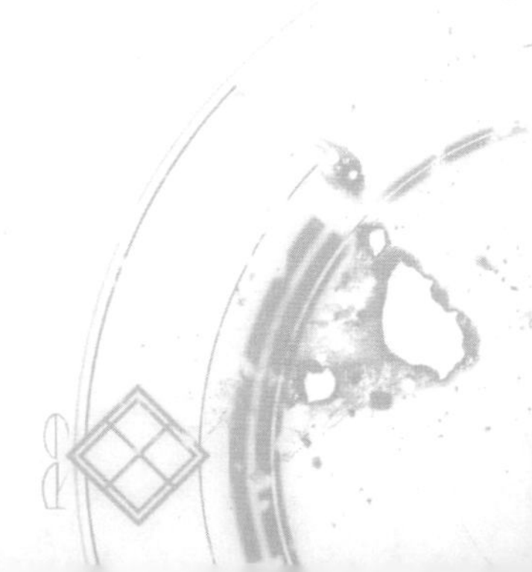

「是啊？」

那不是當然的嗎？

「你不是沒辦法跟上我嗎？」

既然這樣，我就必須保護你不是嗎？

梅尼爾多的表情頓時扭曲。

我帶著冰冷而空虛的心情——緩緩露出笑容。

「放心吧，沒問題的。我全部都會解決掉。不管是奇美拉，還是魔獸群，我全部都會殺掉。如果背後有惡魔作祟，我也會一併殺掉。」

看，這樣不就解決了？

真是簡單易懂。

這樣就好了——

「開什麼玩笑……！」

梅尼爾用敏捷的速度瞬間縮短雙方距離。

沒有做出高舉的動作，以最短距離揮出的拳頭相當犀利。

「給我醒醒啊，這個混帳！」

臉頰一陣衝擊。他大聲吼叫。可是……

——啊啊，搞什麼，就只有這點程度嘛。

我的身體不搖不晃。

雖然有一點點痛，但也僅此而已。

「就只有這樣嗎，梅尼爾多？」

我任由拳頭貼在自己臉頰上，小聲呢喃。

連我自己都認為我現在的眼神應該很冷漠。

我打算就這樣無視梅尼爾多，繼續往前走。他則是對我不斷又打又踹。

我只是稍微移動身體錯開攻擊部位，就讓他的打擊幾乎沒有效果。

「該死！到底在搞屁啦！」

即便如此也依然不肯放棄的梅尼爾多，漸漸讓我覺得煩躁起來。

要是他繼續跟上來，我也很傷腦筋。

該怎麼辦呢？

……傷他一隻手臂應該沒問題吧？

於是我纏住他隨著拳頭揮過來的手臂……

「什麼！」

連帶自己的體重用力一扯……

「嗚！」

拆掉了。我感受到他的肩膀關節當場脫臼的觸感。

梅尼爾多抽搐一下後……

「嗚、嗚嗚嗚嗚嗚！」

發出模糊的呻吟聲，在地上痛苦打滾。

對不起，但這也是為了你好。

「……去找人幫你治療吧。」

這下他無法再戰鬥了。

我如此判斷後，轉身準備離去——

「還沒、結、束……」

從背後傳來撥動草叢的聲響。

我轉頭一看，發現梅尼爾多即使全身搖搖晃晃，眼眶泛出淚水，也還是按著自己的肩膀站起身子。

——傷腦筋。這下怎麼辦？

原本只是我一廂情願把他當成朋友而已。

到頭來也只是因為事態發展才讓我們一同行動的，所以我本來以為只要做到這地步，他應該就會退下才對。

可是不知道為什麼，他卻意外纏人。

該怎麼辦呢？用《話語》封鎖他的行動吧。

可是《話語》的效果又有點不安定……好，掐住他的頸動脈讓他失去意識好了。

就在我這麼想著，並接近他的瞬間——

「『諾姆啊諾姆，握起拳頭！用你的拳頭毆打敵人！』」

我背後的地面忽然炸開，好幾塊石頭朝我飛來。

——是《岩石之拳(stone fist)》的咒語。

看來梅尼爾多因為劇痛失去了判斷能力。

這種從背後的奇襲，在我們初次交手時我就見識過了。

這的確是很強力的咒語，但預兆太過明顯。應該要在多人聯手攻擊時使用才對。

我現在只要躲開就行——正當我這麼想著，準備移動腳步時，這才注意到。

那咒語的攻擊目標，**是梅尼爾多**。

「！」

霎時，我被迫做出選擇。

要是我迴避，梅尼爾多就會受到嚴重的傷害。

因此我反射性地……

停下腳步，加強防禦——讓大量的石塊擊打全身。

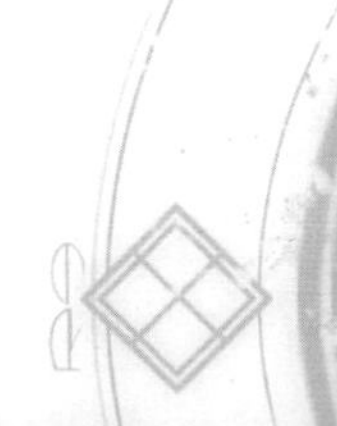

◆

「咕、嗚、嗚……」

我全身各處傳來劇痛。

雙腳無視於自己的意志，當場跪下。

嘴巴發出呻吟。

「呼……什麼叫、我全部都會解決掉、啦……嗚！」

就在我因為遭受《岩石之拳（stone fist）》直擊而痛得縮起身體的時候，梅尼爾接近到我面前──

「你只是變得膽小了而已吧！」

「咳啊！」

朝我的腹部狠狠一踹。

就算我穿了鎖子甲，但那部位是我剛剛才被咒語攻擊過的地方。

再怎麼說還是會痛的。

我當場失去平衡，倒在地上。

「嗚……」

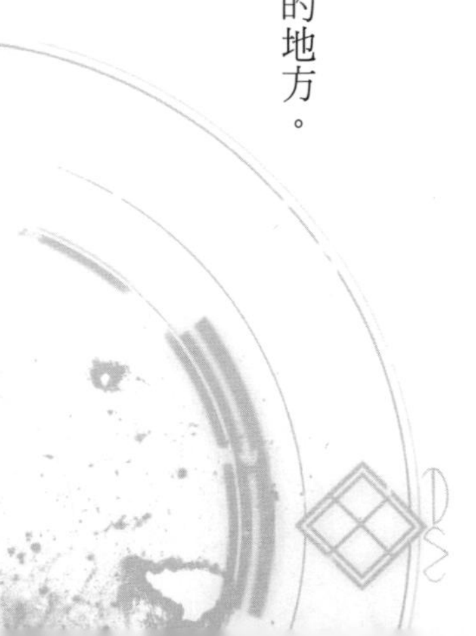

不過，我抬頭看到梅尼爾也並非安然無事。

他的肩膀脫臼，而且剛才那招幾乎等於自爆的《岩石之拳(stone fist)》也波及到梅尼爾自己。

全身沾滿泥水，腳步蹣跚的梅尼爾，嘴角冒出泡沫，雙眼布滿血絲。

絲毫也感受不出平常那端整的容貌。

看起來教人心痛。

「……你沒必要、做到那種程度吧？」

這樣一句話忍不住脫口而出。

「再下去會有性命的危險。我們只是因為事態發展而湊在一起而已，你根本沒理由陪我做到那種地步。」

「哈！或許吧。」

我搖搖晃晃站起身子如此說道，結果他卻笑了。

「我的確已經沒有理由要繼續跟著你。也沒有理由出面制止像你這種只不過是慘敗一場就做出極端行為、情緒一點都不安定的懦夫。」

「既然這樣……」

梅尼爾打斷我的話，揚起嘴角：

「——可是，誰叫我們是朋友啊。」

他沾滿泥水的臉露出笑容，清楚說出了這樣一句話。

「既然是朋友就要奉陪到底。如果朋友變得不正常，就會想要為對方做些什麼啦。」

「啊……」

比起拳頭，比起咒語。

這句話對我更加有效。

「你這傢伙不但來路不明，又不懂世事，我也曾經懷疑過你……可是，我知道你個性善良，而且總是很努力想要把事情做好。」

我不曉得，自己究竟該說什麼才好。

「我被你救了性命，又救了村子，一起旅行，一起戰鬥……和你度過的時光都讓我很愉快。你幫忙送走村子那些人的靈魂，我也打從心底感謝你。」

就好像在寒冷的夜晚中，把手放到溫暖的營火前似的。

他的話語靜靜地滲進我心中陰暗而冰冷的部分。

「威爾，你是我的朋友。我絕不會捨棄朋友。」

「——！」

梅尼爾即使腳步蹣跚，也依然阻擋在我面前。

我講不出話來，淚水不斷湧上眼眶。

「……好啦，你還要繼續跟我打嗎？」

面對架起戰鬥姿勢的梅尼爾……

我緩緩地、左右搖頭。

「……我投降。」

心中的絕望與孤獨感，都徹底消失無蹤了。

連我自己都覺得，我真是個現實的傢伙。

「抱歉，我一時失控了。」

「人難免會有那種時候啦……受不了，這個欠人照顧的傢伙。」

梅尼爾苦笑一下後，「痛痛痛」地按住自己肩膀，皺起眉頭。

接著忽然態度一轉，用開心的聲音——

「哎呀，不過投降就是投降——這次是我贏啦！」

「唔……那是梅尼爾太纏人了，我才不得已投降的！」

「哈！聽你放屁。」

不知不覺間，雨已經停了。

我們互相鬥嘴，互相露出笑容。

——出生以來第一次和朋友的吵架，看來是我輸了。

◆

我們回到村落時，發現村子裡有點騷動。

畢竟我和梅尼爾，還有我的裝備都忽然消失了。

不知發生什麼事的雷斯托夫先生和其他冒險者們，似乎正準備出發找人的樣子。

「你們是怎麼了？」

雖然我們的傷勢都已經治療過，但身上依舊沾滿泥水，讓雷斯托夫先生不禁皺著眉頭如此詢問。

「非常抱歉，讓你們擔心了……我因為精神動搖，覺得不希望再有任何人受傷，所以打算獨自去解決問題，結果就被梅尼爾狠狠揍了一頓。」

「別講得好像我單方面揍你一樣。可惡，竟然給我使出那麼陰險的招式……」

「……關於這點，真的非常抱歉。」

我只能不斷低頭道歉。

嗯，其實簡單講起來就是這麼一回事。

我打算自己一個人把全部扛起來，結果就被揍了。

整件事歸納起來，就只是這樣。

……總覺得聽起來就很愚蠢。

「是強者的通病啊。」

雷斯托夫先生一臉無奈地如此說道。

的確，這或許是強到某種程度的人才會陷入的死胡同。

然後——

「這點有時候也會奪走那個人的性命。」

要是我剛才就這樣繼續失控……搞不好真的就會喪命。

實在應該感謝有梅尼爾在啊。

「對不起，真的很不好意思讓大家這樣擔心。不過已經沒事了。」

「我不會再被擊敗了。」

「……你們打算再度去挑戰那玩意嗎？」

「是的。」

那隻奇美拉的模樣，我如今也能清楚回想起來。

比飛龍(Wyvern)還巨大的身體，底下率領的一群魔獸。

全身滿溢出對渺小存在的輕蔑、嘲笑與惡意。

帶有昏暗光芒的眼眸中蘊含的邪惡感，我依然清晰記得。

那樣的存在，不討伐是不行的。

而且——

「奇美拉是不會自然產生的。因此那毫無疑問是惡魔儀式的產物。」

在牠背後還有惡魔存在。

恐怕是企圖讓《上王》復活、對那座死者之街虎視眈眈的惡魔們。

「趁敵人還沒逃掉之前，一網打盡吧。」

聽到我這麼說——冒險者們都笑了。

「對於自己輸過一次的對手，居然這麼快就講出這種話。」

「真是愉快無比的愚蠢冒險啊。」

「好，我這就跑一趟去叫人來增援。」

「可不能讓對方繼續瞧不起咱們，就轟轟烈烈幹一場吧！」

面對強大的敵人，他們反而都露出精悍的笑容。

表現得很開心，很愉快。

「畢竟就這樣輸掉不報仇也讓人很不爽。我要把那魔獸的三顆頭全都打爛。」

梅尼爾也笑著如此說道。

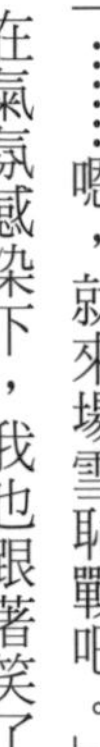

「……嗯，就來場雪恥戰吧。」

在氣氛感染下，我也跟著笑了。

接著為了進一步提升士氣——

「我就為魔獸的頭顱設定賞金，銀幣一枚！然後——惡魔的頭目是金幣十枚！」

我使出了古斯傳授的手法。

冒險者們頓時變得更加興奮。

◆

後來我們花了幾天的時間進行準備，派出好幾次人員進行偵查，統整好戰力——我、梅尼爾、雷斯托夫先生與眾多冒險者們再度踏入了那座峽谷中。

我們並沒有使用什麼小手段。就是好好聚集人手，做好事前準備，從正面進攻。

我帶著《朧月》(Pale Moon)與《噬盡者》(Over Eater)，穿戴好圓盾與《真銀》(mithril)製的鎖子甲。

梅尼爾也是帶弓帶刀，穿好皮甲。大家都全副武裝。

四周的樹木零零星星。形成峽谷的河川如今已經乾枯，昔日的河床處只剩岩石在地上滾動。

在那樣一個死寂的場所，我們一步步往深處走去——

吼喔喔喔喔喔喔喔喔喔喔喔喔……！

忽然，魔獸們的咆哮聲響遍谷底。

從峽谷深處傳來魔獸們的氣息。

看來惡魔的據點果然就在這座峽谷的深處。

「……到底是養了幾頭魔獸啦？」

光是把這些全滅，應該就會變得超和平的吧？梅尼爾如此小聲嘀咕。

「說得對，就讓牠們全滅吧。」

「你這傢伙，偶爾會若無其事地講出很恐怖的話啊。」

聽到我們這段對話，冒險者們都輕輕笑了起來。

靠魔法、祝禱術或是使役妖精能夠獲得的支援效果，我們在入侵峽谷之前就全部施加過。

剩下的事情就是全力戰鬥了。

「要來啦。」

雷斯托夫先生如此警告。

從峽谷深處，各式各樣的魔獸現身了。

每一隻身上都噴出瘴氣，眼神中充滿狂氣。

或許是大多數在前幾天已經被我砍死的關係，這次的數量沒有上次那樣教人絕望。

「喂，威爾……援助攻擊就交給我吧。」

「嗯，拜託你了，梅尼爾。」

我和梅尼爾互相點頭。

接著。我舉起《朧月(Pale Moon)》──

「正面突破！」

如此大叫後，眾人紛紛吶喊回應。

「上啊啊啊──！」

往上高舉的劍。

「與《魔獸殺手》的榮譽同在！」

往上刺出的槍。

「對沃魯特的雷劍立誓！」

「燃燒吧，布雷茲的勇氣之焰！」

「瓦爾啊，請賜予我們幸運之風！」

用武器敲打盾牌，是戰士們為了引起神明注目，並威嚇敵人的動作。

大家紛紛叫喊著守護神的名字，祈求保佑。

「願善良之神庇佑！」

「殺！殺！殺！殺！」

眾人都揚起嘴角。

因戰鬥的緊張與亢奮而滲出汗水，手腳顫動，露出精悍的笑臉。

接著深吸一口氣——

喔喔喔喔喔喔喔喔喔喔喔喔喔喔喔……！

發出震撼四周的吶喊。

大家爭相搶在前頭，邁步衝出。

「射……！」

梅尼爾他們射出的箭矢，紛紛從我們後方射向魔獸的隊伍……

「《火焰箭矢（sagitta flammeum）》！」

幾名會使用魔法的人也放出火焰箭矢的咒語。

魔獸們的隊伍當場被打亂，渴望勝利與榮耀的冒險者們陸續衝了進去。

刀劍閃耀。

盾牌毆打的聲響。

熱血沸騰，心跳加速，身體發燙。

是戰鬥。

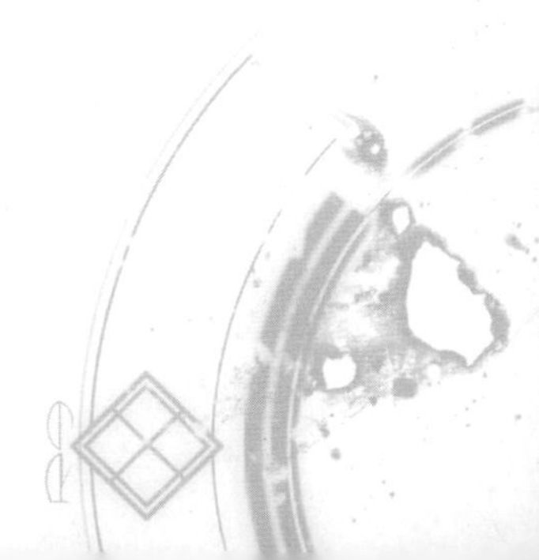

布拉德過去好幾次帶著懷念述說過這樣的光景。

——是戰鬥！

明明是一片悽慘的景象，我卻不知為何笑了出來。

總覺得自己終於進入了布拉德英勇傳奇的世界中，那個在死者之街的時候只能不斷幻想的世界。

「哈哈……」

像這樣來到戰場中，就能體會到自己的渺小。

——什麼叫『我會解決一切』？

我終究只是戰鬥中的一項要素而已。也許是很重大的要素，是很強的一枚棋子，但也沒有到可以影響整盤棋走向的程度。戰場可沒有單純到只靠一項過人的強度就能決定勝負。這一點現在不知道為什麼讓我感到莫名開心。

我握起《朧月(Pale Moon)》。

我知道現在神的臉上並沒有露出悲傷的表情。

因此——

「對葛雷斯菲爾的燈火立誓！」

我帶著此刻的心情，高喊出神的名字。
然後頭也不回地衝入魔獸群之中。

◆

我揮動短槍，靠蠻力橫掃幾隻成群的小型魔獸。
擋下嘴角冒出血泡衝撞過來的牛型魔獸，並順勢將牠摔出去。
好幾隻魔獸遭到波及，敵人的一團隊伍當場亂了腳步。
其他冒險者們趁機手握武器衝進去，擴大敵人的傷害。
在戰場上，很多時候比起拙劣的小伎倆，靠鍛鍊出來的蠻力硬壓對手還比較有效。
再加上好幾度詠唱《話語》，限制敵方集團的行動。
保護我方側面的同時，從正面不斷硬壓對手——
「呀啊啊啊啊啊！」
縱橫揮舞短槍，大聲吶喊。
一隻接一隻地刺穿、毆打魔獸——任鮮血灑在自己身上，繼續前進。
從背後接連飛來好幾次箭矢，風與土的妖精也協助我們開路。

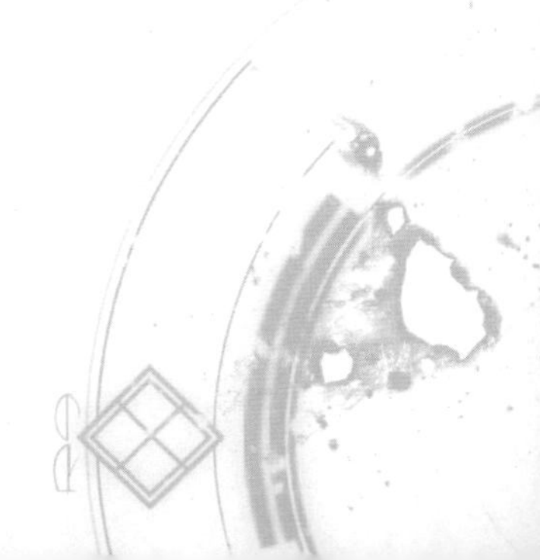

我可以感受到梅尼爾為我進行支援的同時，也緊跟在我後方。

……我們就這樣衝過敵陣。

眼前看到一座遺跡，埋沒在岩石與樹木之中。

是一座被石牆圍繞、相當巨大的石造建築。

入口很大，通道很大，房間也很大。

從造型上看起來，這裡過去可能是讓神官們遠離人煙從事修行的修道院吧。

這或許就是惡魔們在各地肆虐的據點之一。

就在肉眼確認到那座遺跡的瞬間，我靠魔法強化的敏銳感覺捕捉到些微氣息。

但周圍卻看不到什麼可疑的身影。

「《一切（omnia）》、《化為空虛（vanitas）》——《消去（erases）》。」

我朝前方靜靜詠唱《消除的話語》後，在修道院前的岩石後面——一隻巨大的魔獸現身了。

牠是靠《隱身的話語（invisibility）》隱藏身影的。

有著山羊、獅子與亞龍的頭部，巨大的翅膀，毒蛇的尾巴。

全部的頭、全部的眼神中，都充滿對渺小存在的輕蔑、嘲笑與惡意。

混沌與褻瀆的合成魔獸——奇美拉。

「……嘿。」

性。

我考慮過第二次交手時，對方又會在衝撞途中轉為飛行，衝向我方後衛的可能性。

因此我做好隨時將牠擊落的準備，也事先警告過我方所有人——然而對方似乎擁有相當高的智慧，不會重複使用同樣的手段。

我本來想過如果對手飛起來，我就拘束牠的翅膀，奪去牠的視力，將牠擊落到地面後讓所有人衝上去圍剿……但現在看起來，對手相當難纏。

上次靠飛行攻擊我方後衛，這次又換成在地面隱藏身影，企圖從旁偷襲。

怎麼想都不是魔獸擁有的智慧。

「該不會也混雜了惡魔吧？」

聽到我這麼一問，奇美拉的三張臉都咧嘴露出陰險的笑容。

將多種魔獸以及擁有智慧的惡魔互相混合，創造出更為強大的魔獸。不難想像在那樣的過程中，究竟有過多少褻瀆行為與流血傷害。不過——

「目的是《上王》嗎……？」

【……哦？】

魔獸的聲帶發出帶有濁聲的共通語言。

【竟然會知道《上王》的封印——是哪個神明派來的戰士嗎？】

面對這出乎預料的理性詢問，我點頭回應。

從牠的這段回答中，我應該大致可以確定了。

這群惡魔們的目的恐怕既不複雜，也不深遠。

——簡單來講，就是搶地盤。

那座死者之街，也就是《上王》的封印地，目前還沒有被任何勢力支配。

只要惡魔占據了那座城，就會解除封印，讓大陸再度被捲入災難中；相反地，如果是人類占領了那座城，讓封印的事情被知道，想必就會讓封印更加牢固。

因此對惡魔們來說，牠們必須讓《獸之森林（Beast Woods）》持續荒廢下去，繼續呈現戰亂與貧困的無政府狀態。

——不能讓人類生活圈繼續往南拓展。

——所以不能讓人類對南方產生興趣。

——不能讓人類認為南方充滿希望。

惡魔們驅使魔獸襲擊都市，持續施壓的目的……只要想到《上王》的存在，就非常容易理解了。

同時，也明顯與人民的幸福無法相容。

「我要藉流轉女神葛雷斯菲爾之名，消滅你們。」

【哦？不過你等等。看來我們之間存在些許的誤會與差錯。】

奇美拉巨大的身體緩緩走過來。

「誤會嗎？」

【對，實際上——】

對方講到一半，忽然用巨大的前肢朝我橫掃而來。

要是被擊中，恐怕我的腦袋就會當場被打飛了。不過我靠著後仰身體躲開的同時，輕刺一槍做為回禮。

【嗚——！】

接著順勢往後跳躍，拉開距離。

「惡魔的奇襲手段意外地很古典呢。」

【吼、吼喔喔喔喔喔喔喔喔喔喔喔喔！】

奇美拉在我的輕微挑釁下立刻發飆，朝我衝刺過來。

會透過「預備，開始！」的口號才開打的戰鬥其實少之又少，實際的戰鬥多半都是這樣開場的。

……我這次不使用什麼奇策。作戰行動的基本內容只有一項。

那就是**普普通通地發揮出所有實力**。

這次和不死神的那場戰鬥不同，雙方之間並沒有壓倒性的戰力差距。

好好準備，好好商量，使盡所有能夠使用的手段——然後獲勝。

只要我不失去冷靜，就有充分的可能性辦到這點。

「梅尼爾——！」

「好！」

我向站在後方的搭檔呼叫一聲，同時準備迎擊朝我衝撞過來的奇美拉。

◆

奇美拉巨大的身體朝我衝來。

從我的方向看過去，左邊是亞龍的頭，中間是獅子，右邊是山羊。

梅尼爾從我後方繞一大圈往右邊衝過去。

山羊口中唸出混濁不清的聲音，向他射出一發《火焰箭矢(sagitta flammeum)》。不過……

「誰會讓你射到啦！」

西爾芙們偏開了箭矢的軌跡。是妖精們的《避箭保佑》。

我透過眼角餘光確認那畫面，並面向衝過來的奇美拉。

超越飛龍(Wyvern)的巨大質量正面衝撞。

靠我的體格實在沒辦法硬擋然後將牠摔出去。

因此我祈求保佑。

——《神聖盾牌(sacred shield)》的祝禱術。

記取與飛龍（Wyvern）交手時學到的教訓，將盾牌**斜向**展開。

眼前立刻出現一道光牆。奇美拉衝撞過來，順勢被斜向的牆面帶向右方。

就在那瞬間，我讓盾牌消失……

「喝！」

把《朧月（Pale Moon）》深深刺進奇美拉的右側腹。

「『諾姆啊諾姆，絆住牠的腳！緊緊纏住，把牠釘住！』」

梅尼爾抓準奇美拉被我的光牆和短槍拖慢速度的瞬間，放出《拘束（hold）》的咒語。

他的咒語並沒有強到可以完全困住萬全狀態下的奇美拉。

不過，時機抓得非常巧妙。

奇美拉因為必須把較多注意力放在身為前衛的我身上，讓牠的腳當場被纏住。

梅尼爾則是非常輕快地奔馳著。這裡雖然到處都是岩石，不利於奔跑，但妖精們幫他整平了腳下的地面。

只要有人好好擔任前衛，讓梅尼爾負責游擊任務，他就能發揮出超越想像的實力。

或許我以前確實有點太高估他的力量，但後來似乎也太低估他了。

人是一種相當複雜、具有多面性的存在。

……我實在不應該那樣輕易斷定，以為自己什麼都看透啊。

「呀啊啊啊啊！」

趁奇美拉為了解開纏在腳上的土石而露出破綻的時候，我接連把短槍刺進牠的身體。

奇美拉終於忍不住發出了痛苦的叫聲。

亞龍的頭朝我轉過來準備啃咬……的下個瞬間，忽然停止動作。

因為梅尼爾從另一側朝山羊頭的眼球射了一箭。

多頭魔獸，多個腦袋。

如果那些腦袋各自發出反射動作的命令，身體當然會陷入混亂。

……這魔獸以生命來講太不自然了。

【嘎啊啊啊啊啊啊！】

我與梅尼爾隔著抓狂起來的奇美拉，在另一側快速奔跑。

奇美拉巨大的身體反而成為障礙，讓牠無法完全捕捉到我的動向。

巨大的身體的確很強，也能發揮出相對應的速度。但這一點本身也同時會妨礙到自己的視野。

被敵人在近距離亂竄，想必對奇美拉而言是最討厭的狀況吧。

我接連刺出短槍，扯開傷口，強迫增加出血量。

閃避對手的啃咬，或是用盾牌架開。

沒有必要華麗地一招致勝。我只要按部就班地戰鬥，靠實力差距獲勝就可以。我並沒有什麼引人注目的密技或奧義之類的東西，只是在那三人的培育下，讓我的能力在多方面都達到很高的水準罷了。

因此我只要把這些能力互相組合，正常發揮出來壓制對手取勝——累積經驗後我總算明白，這就是對我而言最佳的戰鬥方式。

梅尼爾在風妖精的協助下，射出強勁加速的一發箭。

奇美拉的注意力一瞬間被那支箭引開。我抓準這個機會，用力揮下《朧月(Pale Moon)》。

山羊頭當場被我擊爛。

緊緊咬合的牙齒四散，從頭部噴出鮮血。

【嘎啊啊啊啊啊！】

奇美拉發出慘叫。

「首先解決了一個！」

還剩下亞龍和獅子的頭。

至於毒蛇尾巴……不知不覺間已經被梅尼爾抓到空檔用咒語砍斷了。手腳真快。

就在梅尼爾用《岩石之拳(stone fist)》的妖精術把掉落到地上的毒蛇頭擊碎的時候，我也準備要收拾掉獅子和亞龍其中一顆頭……的瞬間，那兩顆頭忽然發出咆哮。

毛骨悚然的感覺頓時傳來。

我和梅尼爾都立刻用力一跳，拉開距離。

【實在是、沒辦法！雖然是教人討厭的、龍的力量——！】

龍？我還來不及對奇美拉這句話產生疑惑……牠的血管就漸漸染成黑色。各處肌肉變得更加粗壯，更加畸形，從全身噴出瘴氣。

「連這傢伙也是啊……！」

梅尼爾感到厭惡地臭罵一聲。

「梅尼爾，你稍微把距離拉開一點。」

「好。」

……毒對我是無效的。

因為我從小食用瑪利的聖餅長大，手臂上也有地母神瑪蒂爾的聖痕。所以——

「接下來交給我收拾。」

這把魔法短槍——《朧月(Pale Moon)》雖然是我長久以來愛用的武器，但每次面對強敵卻都沒留下什麼亮眼的戰果。

……你差不多也想要一些榮耀了吧。我在心中如此小聲呢喃。

接著把短槍舉到腋下，再度衝向奇美拉。

「喝！」

我穿過奇美拉朝我捶下來的左前腳，同時撈起槍頭似地把槍向上揮。

獅子的頭往旁邊一甩，避開我的攻擊。

我接著看穿對方的右前腳從側面拖出一條瘴氣朝我揮來，於是往後方跳開閃避——隨著右前腳完全揮過去的動作，換成亞龍的頭來到我正前方。

火焰龍息(breath)準備噴出。

我對付飛龍(wyvern)時雖然靠噴火前掐住對方脖子迴避了攻擊，但這次我才剛往後跳開，重心移動還朝著後方，沒辦法像那時候一樣跳向對手。

而且對方的獅子頭還活著。要是我貿然使用絞首技，只會反被咬一口。

因此我架起盾牌，踏穩腳步。

對即將朝自己吐出的火焰做好覺悟。

……要是一個沒弄好，很可能就會當場嚴重燙傷，或是眼球沸騰。

雖然有這樣的可能性——但如果只是短短一瞬間肯定沒問題！而且我身上有防禦的庇佑！一定只是虛有其表的小火而已！

不要猶豫，上吧！

我如此說服自己，振奮自己的勇氣，用盾牌保護著臉部衝了過去。

不到一秒就縮短雙方距離，將舉起的盾牌用力衝撞亞龍張大的嘴巴。

撞上肉身的觸感從盾牌傳來。

對方好幾根牙齒當場斷裂，火焰龍息(breath)也中斷了。

大概是萬萬沒想到我會選擇在火焰中正面衝過去的緣故，奇美拉霎時全身僵住。

就在那瞬間……

「『諾姆啊諾姆，握起拳頭！用你的拳頭毆打敵人！』」

梅尼爾詠唱出《岩石之拳》(stone fist)的咒語。

我們周圍地上有大量的圓石。

那些石頭就像往上揮起的拳頭般，紛紛朝奇美拉巨大的腹部飛起。

【——～～～～～～！】

奇美拉發出強烈的慘叫聲。

我緊接著一槍刺穿痛苦呻吟的亞龍頭部。

在手感傳來的同時立刻把槍收回，配合往前踏出的腳步揮動短槍，用槍尾往上敲擊獅子頭的下顎。

結果奇美拉用牠的兩隻前腳朝我抓了過來。

正前方被獅子頭強硬堵住，左右兩側有前腳大範圍夾攻。我無處可逃。

「《加速（acceleratio）》！」

……除了**上面**以外。

我幾乎是往正上方跳起。

一直以來我很愛用的《加速的話語》，在對付奇美拉的戰鬥中一次都還沒使用過。

這單純是因為地面狀況太差了。要是我加速時踩到地上滾動的石頭摔倒，搞不好會帶著加速的衝力迎面撞上岩石。

我和能夠藉由妖精的力量、完全無視於這點而快速奔跑的梅尼爾不同，在這次的戰鬥中還沒有發揮過高速的機動能力。

……因此這是奇美拉不知道的動作。

一瞬間把我追丟的奇美拉總算察覺而抬起頭——結果被陽光照到了眼睛。

「『諾姆啊諾姆，絆住牠的腳！緊緊纏住，把牠釘住！』」

同時，梅尼爾施展出《拘束（hold）》的咒語。

時機抓得恰到好處。

「呀、啊啊啊啊啊啊啊！」

我背朝著太陽，架起《朧月（Pale Moon）》，靠落下的衝力刺向獅頭。

槍頭貫穿外皮、肌肉以及骨頭的手感傳來，接著就是著地的衝擊。

我立刻握緊槍桿，準備跳開——卻發現槍拔不出來。

霎時感到慌張的我趕緊放開短槍，跳離對手，這才發現——

——奇美拉早已喪命。

我會拔不出槍也是理所當然的。

因為短槍《朧月(Pale Moon)》貫穿奇美拉的獅子頭，深深刺到地面上了。

◆

轉頭一看，魔獸討伐戰也已進入尾聲。

魔獸們幾乎都被打倒在地。雖然還有幾隻在動，不過也身受重傷。

——那邊應該不用擔心了。

「贏啦！」

「好耶！」

我和梅尼爾互相擊掌，發出清脆的聲響。

這次沒有像不死神之戰那樣是以小搏大的精彩勝利。

是一場理所當然、普普通通的勝利——但我認為這樣就好。

要是每次都像不死神之戰那樣的嚴苛戰鬥，我可受不了啊。

而且……

「往下一場戰鬥出發吧！」

「好！」

還有敵人等著我們。

於是我們一邊提防陷阱，一邊踏入修道院的遺跡中。

──或許是惡魔們點亮的照明魔法照耀著室內，修道院昔日的寂靜與神聖性都遭到剝奪，化為了恐怖儀式的研究場所。

鮮血。肉塊。臟器。

被浸泡在神祕液體中的魔獸小孩。

用顏色噁心的塗料描繪的魔法陣──我們用眼角餘光瞄著敞開的房間內陳列的這些東西，並繼續往走廊深處走去。

我方的襲擊行動應該已經被察覺了才對。

占領這個據點的惡魔有可能會選擇逃跑──然後又在其他地方做出一樣的事情。

因此無論如何都要在這裡收拾掉敵人才行。

我和梅尼爾都抱著這樣的決心。

穿過通道後，眼前豁然開朗。

是修道院的禮堂。

廣大的空間中祭祀有各種神明的雕像，讓我不禁回想起自己過去在死者之街生活的那座神殿。

……排列在禮堂深處的幾座神像就跟以前在村落看到的一樣，臉部被削了下來。本來應該刻在牆上讚頌神明的文字同樣被挖除，取而代之的是用黑色血液大大書寫、教人不禁感到暈眩的奇怪字體，讚美次元神的大量《話語》。

以及抓住輪迴的手臂——象徵惡魔們崇拜的神明・次元神迪亞利谷瑪的徽章。

這是惡魔的儀式場所。

然後——

「……你們終於來啦？」

平靜的聲音傳來。

我和梅尼爾聽到那聲音，都不禁睜大眼睛。

站在我們眼前的，是披著一件破外套、滿臉鬍鬚的男子。

他手中握著一把劍，朝我們看過來。

嘴角——露出至今從沒看過的笑容。

怎麼、可能？

「……雷斯托夫、先生？」

「沒錯。」

我不敢相信。

到底為什麼？

怎麼會——！

就在我感到錯亂的時候，他露出更深的笑容——

「十枚金幣，我要收下啦。」

用開朗的語氣指向倒在一旁的巨大惡魔屍體。

正漸漸化為粉塵的那具屍體，有著彷彿把蝙蝠、野狼與人類混在一起形成的外觀。

我記得古斯以前教過，那是稱為「貝拉魯格」的惡魔。在《隊長級(Commande)》之中也是極為強大的類型。

而眼前這個貝拉魯格的胸口被漂亮地一擊貫穿了。

「…………」

嗯，這狀況，簡單講，就是那個啦。

「居然被搶先了！」

「騙人的吧！你怎麼辦到的！」

「我繞路過來的。因為有你們幫忙拖住奇美拉，倒是讓我輕鬆多啦。」

雷斯托夫先生是趁我們拚命對付奇美拉的時候，入侵到修道院內。

把所有惡魔全部貫穿殺死，和這座據點的首領貝拉魯格在禮堂中對峙——同樣一劍貫穿殺死了對手。

當然，這種事並沒有嘴巴講得那麼容易。

擁有稱號的冒險者可不是浪得虛名的。

「真不愧是《貫穿者》雷斯托夫——」

「也太會搶功勞了吧……」

「為了能與強敵交手，這是必要的手段。」

難得一臉愉悅的雷斯托夫先生如此回應後，從修道院入口傳來吵雜的聲音。

「好啦，大家小心點！可不知道這裡會有什麼陷阱啊！」

「我們是第一個攻進來的隊伍，做好覺悟吧——！」

「為了名譽和榮耀！還有金幣十枚！」

……還真是充滿幹勁的聲音。

我忍不住露出了苦笑。

雖然最後的收場欠缺高潮，但不知道為什麼，總覺得這樣才適合我啊。

最終章

在夏日晴朗的陽光底下。

茂盛的青草隨清爽的微風搖曳著。

「呀喝——！」

「乾杯——！」

草原上到處可以看到冒險者們互搭肩膀，高舉角杯乾杯慶祝。

那場戰鬥結束後，我們完成各種後續處理工作，便出發前往《白帆之都(White Sails)》了。

結果大量的魔獸首級與惡魔粉塵，讓我們每到一座村落都引起不小的騷動。

村民們紛紛歡呼，搬出酒桶，從大白天就開始狂歡。

初夏的陽光讓裝滿角杯的麥酒喝起來清爽美味。

不管到哪個村落，都會像這樣大肆慶祝。

冒險者們也因為賭上性命的戰鬥結束後的解放感，趁這機會狂歡了好幾次。

一路上總是非常熱鬧。

另外，我們和之前中途留在村落的碧與托尼奧先生，也很快就會合了。

托尼奧先生用一如往常的溫和表情，對我說了一句「你辛苦了」。

這次我們能夠為幾十名冒險者們好好提供物資，讓集團順利行動，全都要多虧他的協助。

包含上次飛龍(Wyvern)那時候也是，每當我們狀況危險，他總是會默默在背後支持我們。下次要找機會好好謝謝他才行。

碧則是依舊很活潑地飛撲到我和梅尼爾身上。

她不斷要求我描述冒險的經過，並提出詩歌的點子詢問我的意見。然後——

「這次的內容要讓梅尼爾也好好活躍一番才行呢！」

聽到她握起拳頭如此宣告……

「不要啊！」

結果以前總是一副事不關己的梅尼爾頓時臉色一變，大叫制止。

「咦咦～？有什麼關係嘛！」

「我和這傢伙可不一樣，才沒有被人當成展示品還能嘻嘻笑的嗜好啦！」

「小氣～！反正你就是想陪在你最喜歡的威爾身邊，一起踏上英雄之路對吧！那至少也要能接受這點程度的事情呀，這個彆扭鬼！」

「囉嗦！還有妳說誰喜歡這傢伙啦！」

「不管怎麼看你都很喜歡威爾嘛！對了，梅尼爾的稱號就取《麗人》梅尼爾多好了！」

「那樣絕對會被詩人們流傳成『其實是個女人！』吧！」

「然後和威爾變成一對情侶呢！」

「既然知道就別做啊啊啊！」

看到那兩人你追我跑的樣子，眾人不禁哄堂大笑。

我也跟著笑了起來。

碧還是老樣子，表現得活潑開朗而純粹，讓人不禁會覺得煩惱各種大小事情根本就像傻瓜一樣。

想想也對，人其實可以活得很隨興啊！

……順道補充一點，梅尼爾的稱號在他本人強烈抗議下，從《麗人》改成《迅敏之翼（Swift Wings）》梅尼爾多。

雷斯托夫先生大概是從擊敗強敵的興奮感冷卻下來的關係，又回到平常的態度，板著一張嚴肅的表情，獨自默默喝酒。

真不知道該說他深藏內斂，還是老練古雅。另外，他能夠刺穿惡魔的劍術也很精湛。

當我拜託他下次陪我一起鍛鍊的時候，他靜靜點頭回應了。如果有辦法觀察學習，我還真希望把他那刺擊招式偷學起來。

環顧四周，村民們因為惡魔與魔獸造成的威脅降低的關係，大家表情都很開心。

「……變得真熱鬧啊。」

死者之街。

只有布拉德、瑪利、古斯和我居住的神殿。

從那樣的生活到現在才經過短短半年左右，我就來到了這樣熱鬧的圈子中。

「以後也會變得越來越熱鬧吧。」

梅尼爾在我身邊小聲呢喃。

「惡魔和魔獸的威脅降低了，肯定會有更多人到南方來尋求新天地。」

哎呀，到時候應該也會引起什麼麻煩問題吧……雖然這也是沒辦法的事情。

梅尼爾露出一副看開似的眼神，望向遠方如此說道。

「這樣啊，說得也對……那我今後要怎麼做呢～」

我這樣小聲呢喃。

梅尼爾聽到我這句話，卻疑惑歪頭。

「今後？」

「嗯，今後。當然在回到《白帆之都(White Sails)》前，我都會負責做好善後處理啦……不過那之後的事情倒是還沒決定。」

這個地區的問題已經告一段落。

我想這次神明交付給我的使命，應該幾乎可以算完成了吧。

雖然為了能夠在《獸之森林(Beast Woods)》進行類似軍事行動的活動，我順事態發展成為了一名騎士，但那終究也只是沒有領地的一代貴族。

其實就有點像是名譽職位的東西。既沒有需要治理的土地，也沒有擔任什麼實質上的職位。

如果能夠獲得埃賽爾殿下的許可，就像昔日的那三人一樣到處旅行增廣見聞好像也不錯。

或是到古代遺跡中探索，享受冒險的生活應該也很有趣——

「你不是要當領主嗎？」

…………啥？

◆

「領主？」

「領主。」

「哪裡的？」

「《獸之森林》(Beast Woods)各村落的。」

「哈哈！」

搞什麼嘛，原來是梅尼爾誤會了。

「拜託，梅尼爾。我可是沒有領地的一代騎士喔。簡單來講，就是『單純賞你個名譽吧』的感覺……實質上跟一般的冒險者沒兩樣啦！」

聽我這麼說完，不只是梅尼爾，連周圍的大家都陷入沉默。

……咦、咦咦？

「居然沒有自覺啊……」

「真的假的……」

「說笑的吧？」

「呃、難道都沒想過？」

「我還以為是順利在進行計畫的說……」

冒險者們紛紛騷動起來。

「這傢伙雖然腦袋聰明，但偶爾就是會笨得很徹底啊。」

「明明處理眼前的問題時那麼巧妙，卻沒有考慮到最後的結果。」

「太誇張啦……」

「天然呆嗎……」

咦、咦咦？

就在我感到困惑時，梅尼爾深深嘆一口氣，對我說道：

「就算沒有被冊封領地，統治不受管轄的地區是你的自由吧？」

「什麼統治……等等，我並沒有那種意思啊。」

姑且不論之前覺得凡事都要自己來做，讓心靈墮入黑暗面的狀態。可是，統治者什麼的……

「我跟你確認一下。」

「嗯。」

「如果有人想要在這座森林行商，要向誰報備？」

那當然是一開始負責大宗買賣，現在也積極在活動的……

「托尼奧先生。」

「托尼奧的資本大半都是你出資的吧？要是你退出，對托尼奧可是會造成很大的打擊。」

嗯……嗯？

「我沒有那種打算啊。」

「就算沒有打算，你『能夠辦到』就是問題所在。」

周圍的人也「嗯嗯嗯」地點頭附和。

「你另外也獲得燈火之神的庇佑，又是獲得王國與神殿認可的聖騎士（Paladin），擁有十足的權威對吧？也擁有能夠雇用這麼多冒險者的軍事力對吧？

而且你也有在幫忙各村落進行仲裁，所以裁判權事實上就握在你手中。然後剛才講過的通商總管也是你。」

我冷靜思考，想要嘗試反駁。

可是……咦？奇、奇怪？我怎麼、想不出、可以反駁的、要、素？

「簡單講，在這次討伐惡魔的過程中，這個地區的權威、軍事力、裁判權和通商管理，事實上全都被你掌握了啦。」

狀況都已經這麼明顯要拱你當領主了，你要是現在突然說什麼「我不想當」就丟下一切不管，可是會釀成大問題啊。梅尼爾如此對我說著。

我不禁當場呆住。

看到我茫然的樣子，梅尼爾與周圍的人都露出無奈的表情望過來。

「……你該不會真的沒注意到這點吧？」

被他這麼一問，我只能臉色發青地不斷點頭。

我想說只要想辦法收拾掉惡魔，然後稍微改善貧困的狀況，剩下的問題自然就能解決了。根本沒有深入思考過之後的事情。

或者應該說，我傻傻認為只要像那三人一樣帥氣離開就好了。

「呃……」

「嗯。」

「我……我該怎麼辦啊！」

到最後，我得出的結論只有這句話。

真是太奇怪了。以前那三個人解決完問題之後，明明就可以瀟灑離去的說……！

怎麼我好像打從一開始就失敗了？是在哪個環節做錯啦！

「我、我是不是必須去召集人才啊？呃、呃呃……」

「這裡已經有商人，也有懂法律的神官了吧。要是以後發現不夠，再請那個王弟殿下之類的幫你介紹就好啦。」

……看來神殿長早就有預料到這樣的展開了。

他派給我的人不但通曉儀式禮法與傳教，也擅長處理公務和法律，簡單講就是這麼一回事。

「嗚、嗚哇……」

總覺得在不知不覺間，事情就變得好誇張啦。

面對抱頭苦惱的我，其他人倒是有的歡呼，有的大笑。

「到底是為什麼事情會變成這樣……神啊，請告訴我吧……」

我如此嘆息，卻好像隱約聽到嘻嘻笑的聲音。

……怎、怎麼連神都這樣！

清涼的微風帶著綠草與泥土的氣味吹過。

在熱鬧的人群中，我們互相談笑著。

耀眼的夏日陽光，今天也明亮照耀著這片世界盡頭的土地。

〈世界盡頭的聖騎士II 獸之森林的射手　完〉

後記

非常感謝各位閱讀本書。

對於從第一集接續下來的讀者們，很高興能再次見面，我是柳野かなた。

從第一集後經過四個月，非常幸運地第二集也順利出版了。這都要多虧有像現在這樣閱讀本書的各位。真的非常感激。

這次第二集的內容是剛好一年前筆者在投稿網站『成為小說家吧』投稿的故事經過改稿後的東西。

在改稿的同時，我回憶起一年前當時的狀況。還記得那時候的我心情相當動搖、混亂而恐懼。

會那樣的理由其實很清楚。

就是因為我本來單純抱著練習的想法投稿的第一集部分在當時稍微成為話題，被刊登在網站的排行榜上，讀者感想忽然增加，還接到出版書籍的邀約，讓我周圍的狀況產生激烈變化的關係。

……本來認定應該不會叫座的練習作品卻獲得出乎預料的好評，造成的衝擊與歡喜。

……正因為獲得好評，讓自己心中湧現出「之後還能繼續寫出同樣水準的故事嗎？」這樣對自身的擔憂，以及對失望的恐懼。

……考慮到要兼顧現在的工作，不知究竟該不該接受出版書籍的邀約，或者暫時保留等等的選擇。

和雖然會因為讀者們些許的反應一喜一憂，但還是很隨興撰寫第一集的時候比起來，這些都是我從沒想過的煩惱。

當然，當時的我根本沒有做好面對這些事態的心理準備。

結果就是不斷想東想西、煩惱困惑，為了小小的事情就一下興奮一下消沉。現在回想起來，連我都覺得那時候的自己是個相處起來非常麻煩的傢伙。

值得感激的是，即使在那樣難相處的狀態下，身為創作夥伴的朋友們都依然很有耐性地願意陪伴在我身邊。

願意聽我說些反反覆覆、顛顛倒倒又毫無主題的話。願意對我的草稿提供建議。願意一如往常地陪我閒聊。

更重要的是，他們依然願意把照他們自己的速度寫出來的作品分享給我看。

能夠每晚在聊天室互相討論大家的作品，對我來說是無可取代的喜悅。

看著朋友們那樣的創作生活，讓我即使內心抱著動搖，也還是能夠繼續敲打鍵盤。

從起初小小的念頭開始撰寫的這個故事，之所以能延續至今，都要多虧他們將熱情分享給我。我由衷感謝。

……然而，畢竟當時的我處於那樣的心理狀態下，寫出來的文章自然還是難免粗糙。

這次為了出版成書籍而改稿潤修的過程中，我發現到處都有讓我感到『應該可以處理得更好吧』的部分。為了思考如何修改，又必須收進一本書的篇幅，實在讓我抱頭苦惱了許久。

究竟哪些地方要留下來，哪些地方要怎麼改，又要加入什麼樣的新要素，將一度寫好的文章重新修改，真是很難的一件事。

就這樣，不同於安定收尾的第一集，第二集倒是讓我苦戰不少。

我盡了自己的努力，將故事名副其實地重新呈現在各位面前了，希望大家能夠讀得開心。

最後是謝辭。

為本書提供漂亮插圖的輪くすさが老師，真的非常非常感謝您。每次拜見到您美麗的插圖，都會讓我欣喜若狂。

我的創作夥伴們，再講下去我會很害臊所以不講了，總之謝謝大家。希望大家今後能繼續當我的朋友。

負責本作品的編輯大人，以及OVERLAP編輯部的各位同仁，參與本書印刷、宣傳、販賣等事務的所有人員。

還有此刻閱讀本書的您。

謹讓筆者致上由衷的感謝。

下一集是在網路上與『死者之街的少年』同樣受到好評的邪龍討伐冒險記——『鐵鏽山之王』篇。

或者可能是書籍原創的冒險故事，兩者之一。

不論是那一邊的內容，我都會努力讓各位讀得愉快，還請多多支持。

——那麼，希望下次再相見。

二〇一六年六月　柳野かなた

世界盡頭的聖騎士

浮文字

世界盡頭的聖騎士 II 獸之森林的射手

（原名：最果てのパラディンII 獸の森の射手）

著　者／柳野かなた　封面插畫／輪くすさが　譯　者／陳梵帆
榮譽發行人／黃鎮隆　總經理／陳君平　協　理／洪琇菁
執行編輯／楊國治　國際版權／黃令歡、梁名儀
美術編輯／李政儀　企劃宣傳／楊玉如、洪國瑋
出　版／城邦文化事業股份有限公司 尖端出版
台北市中山區民生東路二段一四一號十樓
電話：（〇二）二五〇〇七六〇〇
傳真：（〇二）二五〇〇二六八三
E-mail：7novels@mail2.spp.com.tw
發　行／英屬蓋曼群島商家庭傳媒股份有限公司城邦分公司 尖端出版
台北市中山區民生東路二段一四一號十樓
電話：（〇二）二五〇〇—七六〇〇（代表號）
傳真：（〇二）二五〇〇—一九七九
中彰投以北經銷／楨彥有限公司（含宜花東）
電話：（〇二）八九一九—三三六九
傳真：（〇二）八九一四—五五二四
雲嘉經銷／智豐圖書股份有限公司 嘉義公司
電話：（〇五）二三三—三八五二
傳真：（〇五）二三三—三八六三
南部經銷／智豐圖書股份有限公司 高雄公司
電話：（〇七）三七三—〇〇七九
傳真：（〇七）三七三—〇〇八七
一代匯集／香港九龍旺角塘尾道六十四號龍駒企業大廈十樓B&D室
電話：（八五二）二七八三—八一〇二
傳真：（八五二）二五八二—一五二九
E-mail：hkcite@biznetvigator.com
馬新經銷／城邦（馬新）出版集團Cite (M) Sdn. Bhd.
E-mail：cite@cite.com.my
法律顧問／王子文律師 元禾法律事務所
台北市羅斯福路三段三十七號十五樓
二〇一七年九月一版一刷
二〇二一年十月一版三刷

■中文版■

郵購注意事項：
1.填妥劃撥單資料：帳號：50003021戶名：英屬蓋曼群島商家庭傳媒(股)公司城邦分公司。2.通信欄內註明訂購書名與冊數。3.劃撥金額低於500元，請加附掛號郵資50元。如劃撥日起 10～14日，仍未收到書時，請洽劃撥組。劃撥專線TEL：(03)312-4212 ・ FAX：(03)322-4621。E-mail：marketing@spp.com.tw

國家圖書館出版品預行編目資料

世界盡頭的聖騎士. II, 獸之森林的射手 / 柳野かなた作 ; 陳梵帆譯. -- 1版. -- [臺北市] : 尖端出版 : 家庭傳媒城邦分公司發行, 2017.09
面 ; 公分
譯自 : 最果てのパラディン. II, 獸の森の射手
ISBN 978-957-10-7655-3(平裝)

861.57　　106012475